AF197992

Tucholsky Wagner Zola Scott Sydow Freud Schlegel
Turgenev Fonatne Wallace Freud
Twain Walther von der Vogelweide Fouqué Friedrich II. von Preußen
Weber Freiligrath Frey
Fechner Weiße Rose von Fallersleben Kant Ernst Frommel
Fichte Richthofen
Engels Fielding Hölderlin Dumas
Fehrs Faber Flaubert Eichendorff Tacitus
Feuerbach Maximilian I. von Habsburg Fock Eliasberg Zweig Ebner Eschenbach
Ewald Eliot Vergil
Goethe Elisabeth von Österreich London
Mendelssohn Balzac Shakespeare Dostojewski Ganghofer
Trackl Lichtenberg Rathenau Doyle Gjellerup
Mommsen Stevenson Hambruch
Thoma Tolstoi Lenz Hanrieder Droste-Hülshoff
Dach von Arnim Hägele Hauff Humboldt
Reuter Verne Rousseau Hagen Hauptmann Gautier
Karrillon Garschin
Damaschke Defoe Hebbel Baudelaire
Descartes Hegel Kussmaul Herder
Wolfram von Eschenbach Schopenhauer Rilke George
Bronner Darwin Dickens Grimm Jerome
Campe Melville Bebel Proust
Horváth Aristoteles
Bismarck Vigny Voltaire Federer Herodot
Gengenbach Barlach Heine
Storm Casanova Tersteegen Grillparzer Georgy
Chamberlain Lessing Langbein Gilm
Brentano Gryphius
Strachwitz Claudius Schiller Lafontaine
Katharina II. von Rußland Bellamy Schilling Kralik Iffland Sokrates
Gerstäcker Raabe Gibbon Tschechow
Löns Hesse Hoffmann Gogol Wilde Vulpius
Luther Heym Hofmannsthal Morgenstern Gleim
Roth Klee Hölty Goedicke
Luxemburg Heyse Klopstock Puschkin Homer Kleist
La Roche Horaz Mörike Musil
Machiavelli Kierkegaard Kraft Kraus
Navarra Aurel Musset
Nestroy Marie de France Lamprecht Kind Kirchhoff Hugo Moltke
Laotse Ipsen Liebknecht
Nietzsche Nansen
Marx Lassalle Gorki Klett Ringelnatz
von Ossietzky May vom Stein Lawrence Leibniz
Petalozzi Irving
Platon Knigge
Sachs Pückler Michelangelo Kafka
Poe Liebermann Kock
de Sade Praetorius Mistral Zetkin Korolenko

Der Verlag tredition aus Hamburg veröffentlicht in der Reihe **TREDITION CLASSICS** Werke aus mehr als zwei Jahrtausenden. Diese waren zu einem Großteil vergriffen oder nur noch antiquarisch erhältlich.

Symbolfigur für **TREDITION CLASSICS** ist Johannes Gutenberg (1400 — 1468), der Erfinder des Buchdrucks mit Metalllettern und der Druckerpresse.

Mit der Buchreihe **TREDITION CLASSICS** verfolgt tredition das Ziel, tausende Klassiker der Weltliteratur verschiedener Sprachen wieder als gedruckte Bücher aufzulegen – und das weltweit!

Die Buchreihe dient zur Bewahrung der Literatur und Förderung der Kultur. Sie trägt so dazu bei, dass viele tausend Werke nicht in Vergessenheit geraten.

Der Badeort Salzloch

Heinrich Hoffmann

Impressum

Autor: Heinrich Hoffmann
Umschlagkonzept: toepferschumann, Berlin

Verlag: tredition GmbH, Hamburg
ISBN: 978-3-8424-9067-3
Printed in Germany

Text der Originalausgabe

Heinrich Hoffmann

Der Badeort Salzloch

Seine jod-, brom-, eisen- und salzhaltigen Schwefelquellen
und die tanninsauren animalischen Luftbäder,
nebst einer Apologie des Hasardspiels

Dargestellt von

Dr. Polykarpus Gastfenger

Fürstlich Schnackenbergischem Medizinalrate und Brunnenarzte,
Mitglied der aquatischen Gesellschaft, des deutschen Douche-
Vereins, des Casinos und des Kegelclubs zu Schnackenberg sowie
vieler anderer gelehrten Gesellschaften korrespondierendem und
Ehrenmitgliede usw.

*– Es kommt nicht allein darauf an, daß man die Wahrheit sagt, sondern
mehr noch, wie man sie sagt. –*

Verwitweten Fürstinnen,
lebenslustigen Erbprinzen,
russischen und: ungarischen Magnaten,
Starosten und ähnlichen,
reichen reisenden Engländern,
prunksüchtigen Bankiers,
kurz allen berechtigten Vergnüglingen
widmet
in tiefster Ergebenheit
diese Blätter
der Verfasser

I. Einleitung

Scharlatanerie in der Arzneikunst. – Sonst wie jetzt. – Salzlochs Bedeutung. – Römischer Ursprung. – Mittelalterliche Periode. – Neue Entdeckung. – Dr. Goldfischer.
– Die Kurkomödie.

> Wenn ich nicht Badearzt in Salzloch wäre,
> möchte ich Badearzt in Salzloch sein!
> (Frei nach Diogenes und Alexander)

Von allen Kinder- und Schulliedern scheint keines schneller und gründlicher vergessen zu werden als das bekannte:»Üb immer Treu und Redlichkeit!«, und das Sprichwort:»Ehrlich währt am längsten«, wird jetzt dahin gedeutet werden müssen, daß es sehr lange währt, bis man den Ehrlichen in der Welt begegnet. Der Scharlatanismus, der industrielle Humbug sind im sozialen Treiben der heutzutage die Erdenkugel bewohnenden Menschen so alltägliche Dinge, daß man den Mangel derselben, die klare treue Zuverlässigkeit als etwas ganz Absonderliches betrachtet und ihr oft am allerwenigsten trauen zu können vermeint. Vorab in medizinischen Sachen herrscht der sonderbarste Widerspruch; da wo die Marktschreierei ohrenfällig ist, erkennt sie niemand; da wo sie nicht ist, argwöhnt sie jeder.

> Was hilft das Sonnenlicht
> An hellsten Tagen,
> Wenn sich mit Blindheit selbst
> Die Ärmsten schlagen?

Ein Mecklenburger Sprichwort im Mittelalter lautete:

> Aber wat helpen Fackel und Brillen,
> Wenn die Lüte nit sehen willen?

Man höre, wie elektrogalvanische Ketten und Heilkissen, Haarsalben, Augenwässer, Magenkrampfmittel und ähnliches gekauft und bekräftigt werden, man sehe, wie die rätselhaften Ankündigungen geheimnisvoller Spezialisten beachtet, wie wundertätige Schäfer und Rotlaufbesprecher bewallfahrtet werden, und nie wird man von einem der Gläubigen auch nur den allerleisesten Zweifel über die unbedingteste Zuverlässigkeit und Untrüglichkeit der Anpreisungen äußern hören. Bei Lichte betrachtet ist aber die Sache gar nicht neu und wohl immer so gewesen. Schon der Nestor unter den deutschen Balneographen, der alte Tabernaemontanus, klagt (in der Vorrede zu seinem »New Wasserschatz« 1605) auf die der damaligen Zeit eigne derbe Art: »Ich geschweig der barbarischen ungelerten Juden, Balbierern, ausgelauffenen München und Pfaffen, die ihren Beruf verlassen, verdorbnen Kaufleuten, Henkersbuben, Zahnbrechern, der newen vermeynten Ärzten und ketzerischen erstandenen Secten der Paracelsisten und dergleichen Landstreicher, die Fürsten und Herren, Bürger und Bauwern meisterlich mit ihrem Lügengeschwätz und erdichteten Fabelwerk hinder das Liecht wissen zu führen, ihnen das Geld außsaugen, und darneben doch den meistentheil der Kranken umb Leib und Leben bringen. Also ist leyder dieser herrliche und fürtreffliche Orden der Ärzte mit obgemeldten schändlichen Lotterbuben gezieret, wie der Markt mit deß Henckers oder Schinders Hauß.«

Damals wie jetzt galt das Wort:

Toller Trug und immer toller
macht die Narren glaubensvoller.

Fällt dagegen eine moderne Badeschrift einem Pansophisten der Gegenwart in die Hände, so besieht er den Titel, lächelt, legt das Buch wieder hin, zuckt die Achseln und spricht vornehm: »Wir kennen das!« Wo aber in aller Welt ist weniger Geheimniskrämerei, als im Verkehr und im Gebrauch eines Mineralbrunnens? Alles ist ja hier öffentlich: Genuß und Wirkung, fast mehr, als gut und schön ist. Ein rite lateinisch geschriebenes, in der Offizin zusammengebrautes Rezept ist ein Mysterium gegenüber einem Becher Ragoczy oder Karlsbader Sprudel.

Von dieser ehrlichen deutschen Offenheit wollen auch wir nicht abweichen; wenn wir über unsere Heilquellen schreiben, so werden wir geradezu heraussagen, was da ist und was da nicht ist.

Ein einfach Wort hat rechte Kraft;
Das ist der Rede Meisterschaft.

Unsere wunderbar kräftigen Wasser verdienen diese offene Besprechung und haben sie nicht zu scheuen. Aber noch einen weiteren Zweck haben wir mit dieser Schrift im Auge: Wir wollen eine Musterbadeschrift geben; in ihrer Darstellung den besten der Art nachgebildet, soll sie andern wiederum als ein Modell dienen, welches mit geringen Veränderungen an Namen und Ort auch für andre Bäder dienen mag. Die Wahrheit bleibt überall die Wahrheit, sie ist dieselbe im Taunus wie im Erzgebirg, in Thüringen wie in der Schweiz; der Titel aber der Schablonenarbeit soll unsere Schrift ehren, niemals ihr ein Vorwurf sein.

Vorreden zu Badeschriften haben gemeinlich noch einen andern nicht unfeinen Zweck, und den hat auch die unsre. Sie geben als populäre medizinische Darstellungen dem Badepublikum allerlei Regeln und Anweisungen, aber immer entweder so wenig, daß man damit nicht ausreicht, oder so viel, daß man dadurch verwirrt wird und nun erst doppelt genötigt ist, den lokalen Badearzt zu beraten. Und das ist doch am Ende für den Badearzt eine ganz natürliche Lebensfrage. An geeigneter Stelle des Vorworts wird die ganze Gefahr der Unterlassung in grellen Farben geschildert, und so verrät der Badearzt weder die Wissenschaft noch sein Interesse und hat am Ende, wenn auch kein Honorar vom Buchhändler, doch eins vom Leser zu erwarten. Darüber soll sich niemand verwundern und niemand es tadeln, denn:

Was rät dir Kluges wohl ein Mann,
Der sich nicht selbst einmal beraten kann?

Hier aber mag die einfache Erklärung genügen, daß eine Badekur ohne Badearzt dasselbe ist wie eine Ehe ohne Segen, nämlich eine sog. wilde, wie ein Bild ohne Farbe, wie ein Tag ohne Sonne, wie eine Irrfahrt ohne Weg und Steg, ziellos und ohne Aussicht der Heimkehr, eine schmähliche Gesundheits-Odyssee. Wir können uns nicht versagen, aus einer alten Badeschrift »Der Württembergische Wasserschatz«, wo zugleich gegen den leichtsinnigen Badegebrauch die Bemerkung zu lesen ist, daß doch nicht alle Schuhe über einen

Leisten gemacht werden sollen, nachfolgende Worte zu Nutz und Frommen unserer Leser herzusetzen: »Etliche ziehen also nach ihrem Gutdünken ohne Rat eines Medici bald in dieses Bad, bald in jenes Bad, welches ihnen auch bekommen tut, wie dem Hund das Gras.« – Wenn Sirach sagt: »Ehre den Arzt mit gebührender Verehrung, auf daß du ihn habest in der Not, denn der Herr hat ihn erschaffen; die Kunst des Arztes erhöhet ihn und macht ihn groß bei Fürsten und Herrn«, so beziehen wir dies vorzugsweise auf die Badeärzte. Jeder Schriftsteller aber schreibt ein Stück seiner selbst wegen, der Badeschriftsteller mehr als jeder andre.

Völlig überflüssig scheint es mir, unanständigen Lärm zu machen, um den Ruhm unseres Badeorts zu weiterer Kunde zu bringen. Wenn man liest, wie alle Bäder von sich prahlen, daß der Zudrang in den letzten Jahren sich enorm gehoben habe, so sollte man wahrlich glauben, in Deutschland säßen in den Sommermonaten alle Menschen in Badewannen oder würden von mineralischen Najaden gesäugt. Ja, wenig fehlt, daß manche Badeverwaltung an den Eingang oder an die Landesgrenze einen Trompeter stellt, der der Menschheit beständig ein »Memento bibere et lavari« in die Ohren blasen soll, ähnlich wie in Schaubuden auf Jahrmärkten: Nur hereinspaziert, meine Herrschaften! Eben wird alles kuriert! Nur hereinspaziert! – Solche Fanfaren brauchen wir nicht, denn Salzloch ist von europäischer, ja von tellurischer Bedeutung! In wissenschaftlichen Zeitschriften ist sein Wert anerkannt, ich erwähne hier nur die Aufsätze in dem vorigen Jahrgange des »Butzheimer Postreuters«, der »Schnackenberger Fackel« und der »Allgemeinen Winkelstädter Zeitung« und in vielen ändern. Weit schon über die Grenzen des Vaterlandes ist der Ruf unserer Universalquellen gedrungen, ja selbst der Ozean hielt ihn nicht auf, und an fernen Küsten ist der Name Salzloch kein begriffsloser, wie dies gediegene Besprechungen im »Colporteur von Oweihi« und in dem »Teeblatt von Schanghai« beweisen. Die Anerkennung, die an allen diesen Orten unserem Bade geworden ist, zeigt hinlänglich, daß es sich hier nicht um gewöhnliche Wasserliteratur handelt, und der Geist lebendiger Kritik, der diese Aufsätze durchweht, erhebt diese Arbeiten auch weit über das steigende Literaturwasser. Wenn jedoch diese Zeitungsartikel nicht genügen sollten, so wäre es ein leichtes, neue und noch entschiedenere in großer Zahl erscheinen zu lassen. Bis jetzt haben wir gemeint, es sei vorderhand damit genug.

Allein nicht nur in der Gegenwart spendet unsere »Bade-Najade« Wohlsein und Gesundheitsfülle, auch in nebelverhüllter grauer Vorzeit sammelte sich schon die Hilfe suchende Gemeinde zum Dienste bei der Nymphe Heiligtum. Leider fehlen uns sichere historische Urkunden und Anhaltspunkte, doch ist es wohl keinem Zweifel unterworfen, daß unser Bad, so gut wie viele andre, die sich darauf so viel zugute tun, den Römern bereits bekannt und von ihren Legionen benutzt war. Zwar ist es bis jetzt noch nicht gelungen, Reste römischer Niederlassungen hier zu entdecken; wir haben aber nicht den mindesten Zweifel, daß sie noch gefunden werden, gefunden werden müssen. Schon der Name des Ortes: Salzloch deutet auf römischen Ursprung, wo er einst Locus salsus genannt worden sein mag. Eine Viertelstunde davon liegt das Dorf: Dumbach, zweifelsohne einst wegen Vorhandensein eines Bacchustempels als Domus Bacchi bezeichnet; unter den Bauern kommt der Name Faber und Cornel sehr häufig vor. Wir können also mit vollem Rechte sagen:

Dort an dem schattigen Born fand Kraft der ermattete, Römer,
Und in der heilenden Flut wusch er die Wunden sich aus.

Auch im Mittelalter muß unsre Quelle schon zu Heilzwecken benutzt worden und ihre Kraft bekannt gewesen sein; wenigstens läßt sich nur so eine Stelle im alten Kirchenbuche deuten, wo es im Jahr 1690 also heißt: »Am 10. Januarii starb der Baur Peter Vollmann am Suff; wäre ihm wol nicht so jung widderfahren, hätt er mehr des Wassers statt des Weins genommen.« Es deutet dies unleugbar auf die Heilsamkeit der Quelle hin; es anders auszulegen, wäre Gewaltsamkeit.

Doch wie dem allen auch sein mag, die Vergangenheit ändert nichts an der Gegenwart, und was heute den Kurt kuriert, kann vor 1500 Jahren auch den Curtius kuriert haben, und was damals dem Fabius gut war, wird heute dem Fabian auch nicht schaden.

Über die spätere Wiederauffindung der Quelle sind nur wenige Worte zu verlieren; damit ging es hier wie anderwärts. Vorerst trank das liebe Vieh mit Vorliebe aus dem versumpften salzigen

Wiesenborn. Ob verwundete wilde Schweine auch hier, wie es von Wildbad erzählt wird, sich eingefunden, um eine Badekur und Schlammbäder zu gebrauchen, wissen wir nicht. Dann gab ein Hirte davon einer alten gliederlahmen Frau zu trinken, diese wieder einer andern, und so gingen die ersten Kurbecher wie die Eimer bei einem Brande von Hand zu Hand durch Jahrzehnte, bis zuletzt das aufgeklärte Bewußtsein einer hellen Gegenwart den Schatz erkannte und zur Geltung brachte.

Vergessen dürfen wir nun nicht – denn es wäre schwere Undankbarkeit –, des Mannes zu erwähnen, dem unsere Quelle und unser Bad so viel verdankt, daß ihr Flor mit seinem Namen immerdar verbunden bleibt, und er gleichsam als Pate der Neugebornen anzusehen ist. Ich meine hier einen meiner ärztlichen Vorfahren, den bekannten Badearzt Dr. Goldfischer. Er hat die Quelle neu belebt, und man darf wohl von ihm dasselbe sagen, was andre in ähnlichen Fällen gesagt haben, wie z. B. über Salzbrunn, daß er einer unermeßlichen Zahl von Leidenden den größten Dienst geleistet, ja daß er sich um die Menschheit verdient gemacht hat. In welcher Achtung jener Kollege, unser Vorgänger, bei den Kranken, und in welchem Vertrauen die Quelle bei denselben gestanden hat, beweist ein Gedicht, welches zu seinen Lebzeiten (1790) von dem Professor Reimerling verfaßt worden ist. Kantor Blasius hatte die Musik dazu gesetzt. Badegäste und Einwohner des Ortes hatten das Ganze passend aufgeführt. Der Leser wird uns Dank wissen, wenn wir es hier veröffentlichen. Das Manuskript, welches wir vor uns haben, führt den Titel:

Die anmutige Komödie vom Goldbrunnen

Der Schulz

Du Bauernvolk, herbei! Wasch dir Gesicht und Hand,
Und schmücke deinen Hut mit Blumen und mit Band!
Du sollst den Brunnenarzt mit einem Fest begrüßen,
Das ihm sein sauer Amt soll honiglich versüßen.

Die Bauern

Da sind wir alle schon gewaschen und geschmückt,

Wie es für solchen Tag und solchen Mann sich schickt!
Wir sind im Sonntagswams, in nagelneuen Buchsen,
Bereit zu Schimpf und Scherz und allen Festspieljuxen

Der Schulz

Vor allem ziemt es nun, die Göttin anzusprechen,
Aus deren Busen hier die Sauer-Quellen brechen.
Sie möge sich zur Zeit herauf ans Licht verfügen,
Um unsern Doktorfreund mit Ehre zu vergnügen.

Chorus

Steig herauf aus deinem Brunnen,
Steig herauf ans Licht der Sonnen,
    Salzlochs Wasserkönigin!
Hilf uns diesen Doktor ehren!
Leg' ihm, er wird's niemand wehren,
    Deine schönste Gaben hin!

Das Brunnenweib

Gott grüß Euch, liebe Herrn! Ich bin heraufgestiegen
Aus meinem dunklen Haus, wo ich so warm tu liegen.
Ich weiß, was ihr verlangt, und bin des sehr erfreut;
Hab drob auch nicht die Kält und nicht das Licht gescheut.
Der Doktor ist für mich ein hochgeschätzter Mann,
Der mit Gelehrsamkeit mir Guts schon viel getan,
Der mich in Stein gefaßt und säuberlich macht laufen,
So daß mich Mensch und Vieh jetzt mit Behagen saufen.
Doch besser als ich selbst verstehn dies wohl die Kranken,
Die nun genesen nahn, um selbst sich zu bedanken.

Ein Gichtischer

Ich kam von Schmerz zernagt, verbogen und geschwollen;
Das Herz war mir voll Haß, der Leib war mir voll Knollen.
Jetzt bin ich kreuzfidel und bin von Schmerzen frei;
Das Essen schmeckt mir gut, das Trinken auch. Juchhei!

(Er gibt der Brunnennixe eine Handvoll Dukaten.)

Ein Hämorrhoidarier

Ich war ein elend Ding, gelbsüchtig, ohne Kraft,
Kreuzlahm, und ich verlor den besten Lebenssaft.
O Doktor, habe Dank! Du halfst mir von der Pein!
Und wer da widerspricht, der soll geprügelt sein.

(Er tut wie der Vorige.)

Ein Phthisiker

Die Stimme war dahin, der Atem viel beschwert;
Was von mir übrigblieb, schien nicht drei Batzen wert.
Ich kam, ich trank, und – nun! Ich schnaufe tief und froh;
Ich brülle wie ein Stier: Hallo! Halli! Hallo!

(Wie der Vorige.)

Ein Paralytiker

Im Rollstuhl kam ich an, halbtot wie auf der Bahre,
Es schien mein eigen Bein mir selber fremde Ware.
Und jetzt durch Doktors Kunst schreit' ich einher mit Kraft,
Und tanze den Menuett mit alter Meisterschaft.

*(Er macht kühne Sprünge und
gibt der Brunnennixe gleichfalls eine Handvoll Dukaten.)*

Das Brunnenweib

Gepriesner Mann! Du hast vernommen deinen Ruhm
Aus dankbar frohem Mund; da bleibt der meine stumm.
Ich wünsche dir noch oft ein Fest, das diesem gleiche.
Erlaube, daß ich dir die goldnen Fische reiche!

(Sie überreicht dem Herrn Dr. Goldfischer die Dukaten in einer goldnen Tabatiere.
Der Doktor steckt sie ein und verbeugt sich.)

Chorus

Bringt ein Brunnen solche Gaben
Muß er doch wohl Wirkung haben.
Wer ist's, der da zweifelt noch?
Und den Weltruf, den famosen,
Danken wir den vollen Dosen!
Unser Doktor lebe hoch!

(Die Bauern, die Kranken und die Brunnennixe führen nach einer schönen Melodie ein anmutig Ballett auf.)

In solch naiver annehmlicher Art pflegte man vor 70 Jahren das Verdienst zu ehren. Übrigens erlauben wir uns die Bemerkung, daß das Stück mutatis mutandis an allen Badeorten aufs neue aufgeführt werden könnte, ohne daß der Verfasser irgendeine Tantieme beanspruchen würde.

II. Gegend und Lage

Georgika. – Romantik. – Eine Mineralwassersage. – Promenade. – Das Dorf. – Das Klima. – Die tanninsau-
ren Luftbäder.

Schönheit, jedem Aug' versteckt,
Feiner Sinn hat sie entdeckt.

Das liebliche Pfarrdorf Salzloch liegt in dem nördlichen bergigten Teile der ehemals reichsfreien Fürstlich Schnackenbergischen Lande, etwa zwei Stunden von der Residenz entfernt und mit dieser selbst zwar noch durch keine Eisenbahn, aber durch eine der bekannten Schnackenbergischen Chausseen derart verbunden, daß die Stadt auf diesem Wege zu Fuß in 1½, zu Wagen in drei Stunden erreicht werden kann. Es liegt sicherlich über dem Meere; wie hoch, weiß man nicht genau anzugeben; aber darüber liegt es sicherlich. Das freundliche Tal, dessen Sohle teils Wiesen, teils Ackerland bilden, ist von dem stillen Faulbach durchrieselt. Es ist dies ein frommes und gefahrloses Wasser, welches sicherlich Wasserfälle würde bilden können, wenn Hindernisse seinem Laufe sich entgegenstemmten, und wenn der Bach mehr Wasser und mehr Gefalle hätte. Die Berge zu Seiten des Tales, fast bis zum Gipfel bebaut, tragen oben keine erschreckend finsteren Wälder, die der Kurgast nur mit dem Anflug einer Räuberangst betreten kann, sondern sie sind schmal durch einen lichten jungen Nadelholzwuchs gekrönt. Die ganze Gegend hat dadurch den halb kindlichen unfertigen Ausdruck einer Jünglingsphysiognomie mit leichtem Bartflaume, und sie atmet eine wohltuende Harmonie und Gleichförmigkeit, so daß die Seele unwillkürlich zur Ruhe, zu einer Art von Schlafbedürfnis und Schlummerlust gestimmt wird, welche für die Kur äußerst vorteilhaft wirkt und mit den Vergnügungen des Badeortes den heilsamsten Kontrast bildet. Überhaupt fragen wir bei dieser Gelegenheit, was soll man von der Landschaft für einen wirkungsreichen Badeort verlangen? Das, was man für alle Kranken verlangt: Ruhe, und dies um so entschiedener, je mehr das Leben um die Quelle selbst unruhig und geräuschvoll sich gestaltet. Eine gute Badelandschaft muß eine offizinelle Langweiligkeit bieten. Abgründe, Felsenwände, Wasserstürze und Gletscher kommen mir hier vor, als ob man am Bette eines Typhus-Kranken wollte Regimentsmusik und Trommler aufmarschieren lassen. Wiegenlieder brauchen wir, Wiegenlieder mit hundert Strophen! Und in diesem guten Sinne kann von der Gegend um Salzloch gesagt werden, Mensch und Natur gähnen sich einander heilkräftig und genesungsdurstig an.

> Von sanften Hügeln blökt das sanfte Schaf,
> Der Schnitter Abendlieder schallen nieder.
> Dein höchstes Gut, o Mensch, der milde Schlaf,
> Sinkt leis herab auf müde Augenlider.

Neben dem idyllischen Charakter der Landschaft ist nun aber doch das romantische Element vertreten durch die unweit auf einem Hügel liegende Turmruine, den sog. Zollklotz oder die Klotzenburg. Zwar unscheinbar und geringfügig an Umfang, blicken diese Reste so armselig und verlassen in die Landschaft hinein, daß den Beschauer unabwendbar das Gefühl der Wehmut und der Trostlosigkeit überschleicht. Ein dabei stehender einsamer Fichtenbaum möchte gern Schatten bieten, wenn die Sonne scheint, ein Loch in der Mauer gewährt Schutz bei Regenwetter.

> Der Vorzeit Schauer
> Weht um die Mauer,
> Und was der Uhu schreit,
> Ist Todesseufzer der Vergangenheit.

Ja, ich kenne in der ganzen Therapie nichts entschiedener Deprimierendes als einen Spaziergang nach dem Zollklotz bei anhaltendem Regen, abgesehen davon, daß das Gehen selbst schon auf den lehmigen Wegen ein Wandeln durch Kataplasmen ist. Es schwindet hier jeder Nervenerethismus schon nach den ersten fünfzig Schritten.

An diesen Turm knüpft sich eine Volkssage, die dadurch noch besonders interessant ist, daß sie eine mineralwässerliche Färbung hat. In grauer Vorzeit war die Burg, welche dort gestanden haben soll, von einem reichen und stolzen Ritter bewohnt, der eine über alle Maßen schöne und liebreizende Tochter hatte. Kein Wunder, daß sich ein junger blonder Knappe außerordentlich in sie verliebte, und auch die Maid fand an dem schönen, schwärmerischen Manne inniges Gefallen, obgleich er arm und niederer Abkunft war. Als nun aber der Vater von der Sache erfuhr, nahm er es sehr übel, wurde ganz zornwütig, warf den Liebhaber zur Türe hinaus, ja ließ die Hunde hinter ihm drein hetzen. Der Verstoßene fiel in tiefste Verzweiflung; wochenlang irrte er im Tal um die Heilquelle herum und beschloß, seinem Leben ein Ende zu machen, was er dadurch ausführte, daß er nichts zu sich nahm, als ein wenig trocken Brot und viel Mineralwasser. Natürlich schwand er bei dieser Kost zusehends dahin, und bald hauchte er am Rand der Quelle seinen Geist aus. Seine Geliebte starb bald an gebrochenem Herzen; das Geschlecht des hartherzigen Ritters aber ist erloschen und verschollen. In finsterer mitternächtlicher Stunde will man den mageren Geist des Knappen hinfällig und matt um den Turm haben wandeln sehen, einen Becher Bitterwasser in der Hand haltend und Klagelaute wimmernd. Aus der Geschichte läßt sich immerhin die Moral entnehmen, daß unsere Heilquelle gegen unglückliche Liebe nicht hilft.

Ebensowenig Aufregendes hat unsere Kurpromenade, ein in ziemlich gerader Richtung vom Konversationshause zum Mineralbrunnen sich ziehender Weg von etwa zehn Minuten Länge, dessen beide Seiten anmutig abwechselnd mit Pappeln und Trauerweiden bepflanzt sind. Er führt gleichmäßig dem Faulbach entlang; an geeigneten sonnigen Stellen finden sich einfache Ruhebänke. In dem Rondell in der Mitte soll ein plastisches Denkmal, eine Statue, aufgestellt werden, und es wäre dies schon geschehen, wüßte man: wem oder was? Die Phantasie gebesserter Kurgäste wird einstweilen diesen Mangel leicht zu ersetzen wissen. In dieser Wandelbahn ist durch anhaltende körperliche Bewegung schon so viel hypochonderische Belastung abgeworfen worden, sind schon soviel melancholische Steine von gedrückten Herzen herabgefallen, daß man von dem ganzen Wege mit mannigfacher Berechtigung sagen kann, er sei mit Trübseligkeit gepflastert. Solch ein Spaziergang ist eine wahrhafte peripatetische Gesundheitsakademie.

> Im Schatten dieser Bäume wandelnd Schritt um Schritt
> Ergeht die Seele sich Beruhigung; der Geist
> Im Tauschgespräch mit Freunden mächtig angeregt

Gewinnt an klarer Festigkeit; die Pulse schlagen
In ebenmäßig gleicher Kraft, und regelrecht;
Entleert der Leib tagtäglich Überflüssiges.

Bei dieser Gelegenheit wollen wir auch nicht verfehlen, den Kurgästen als Spazierweg, vor dem Essen namentlich, ländliche Pfade
durch Kartoffelfelder anzuraten; es liegt hier nahe, daß durch strikte
Ideenassoziation sich die Vorstellungen von Koteletts und Beef-
steaks in lebendigster Weise entwickeln und so den schlummern-
den Archeus des Magens wachkitzeln. Für die Frühmorgenprome-
naden dagegen während des Brunnengenusses dürfte die diskrete
Mahnung erlaubt sein, daß er bedrohlich werden kann, wenn der
Wandelnde uneingedenk der beschleunigenden Kraft der Halipege
sich zu weit von den stillen Zufluchtsaltären entfernt, die in dunkeln Fichtenpflanzungen hie und da passend zerstreut erbaut sind,
um von unzweifelhafter Quellenwirkung überzeugende Beweise zu
empfangen.

Das Dorf selbst und seine Bewohner zeichnen sich vorteilhaft
durch sorgfältige Reinlichkeit aus, wofür als sprechender Beweis
der Umstand geltend gemacht werden kann, daß selbst auf den
Straßen gewöhnlich Wäsche getrocknet wird, und daß die Leute so
wenig Schmutz und Kehricht in den Häusern und den Höfen dul-
den können, daß sie denselben sämtlich auf die Straßen werfen.

Diese Reinlichkeit verbunden mit der Heilsamkeit unseres Klimas
äußern den entschiedensten Einfluß auf die Gesundheit und die
Lebensdauer der Bewohner. Als ein Beleg hierfür wird gewöhnlich
der alte Handelsjude Mendel gezeigt, der 96 Jahre alt sein soll, und
den wenigstens kein jüngerer Taufschein Lügen strafen kann. Auch
ist die Pest nie hier gewesen, und die ältesten Leute wissen sich
nichts vom schwarzen Tod und vom englischen Schweiße zu erinnern. Wer unsre Bauern sieht, der denkt bei sich:

Ihre rotgefärbten Wangen
Gleichen Äpfeln, reif und schwer,
Und mit ihren derben Fäusten
Ist zu spaßen nimmermehr.

Es wäre ein leichtes für den Verfasser gewesen, auch seinen Badeort hermetisch gegen alle Nord- und Ostwinde zu schließen, wie dies fast alle Kollegen mit ihren Badeorten versuchen; allein er tut gerade das Gegenteil und erklärt: Boreas und Eurus blasen lustig und mutig durch das Tal und die Gasse. Er erklärt ferner dies für einen großen Vorteil und Vorzug von Salzloch; es kann stolz darauf sein, und gerade in dieser kräftigen Beschaffenheit seiner Atmosphäre liegt ein Teil seiner tonischen Heilkraft. Bäder sollen ja keine Verweichlichungsorte, sondern wahre Turnanstalten für die Gesundheit sein, und alles, was Haut und Lungen abhärtet, heißen wir mit Jubel willkommen, und somit sind auch Nordwind und Ostwind unsere therapeutischen Kollegen. Luft bleibt eben ja doch das erste Lebensbedürfnis. Wir essen 3 bis 4mal im Tag, aber wir atmen ungefähr 20 168mal in 24 Stunden, und für gute Luft sorgt der alte große Ventilateur par impulsion, der Wind, am allerbesten.

Es pfeifen die Winde gemütlich
Und fegen die Straßen aus;
Sie blasen durch Türe und Fenster
Und blasen durchs ganze Haus.
Geworden ist alles, so find ich,
Verblasen und flüchtig und windig.

Durch diese Erklärung aber und die folgende haben wir einen neuen Beweis unserer offenherzigen Ehrlichkeit abgelegt. Warum sollten wir nicht ebensogut berechtigt sein, das Klima unseres Bades auf dem Papier zu vermildern, ebensogut wie andre Badeärzte, die aus ihren Schneelöchern von Tälern den Winter ganz wegleugnen, die im Januar und Februar eine Junisonne herbeilügen und die Drillhosen gerne für Winterstoffe verkaufen möchten. Wir tun es nicht – obgleich uns, und wir wiederholen dies ausdrücklich, niemand daran hindern würde –, teils weil es nicht wahr wäre, und teils weil es gar nicht in unseren Kram paßt. Wir haben kalt, recht kalt. Das ist uns aber gerade lieb, denn dafür sind die Konversations- und Spielsäle bei uns geheizt und sehr behaglich. Wir betrachten die Kälte als ein Tonicum, sie ist das Eisen der Atmosphäre. Und somit eignet sich unser Bad ebensogut als andre zu den jetzt viel empfohlenen Winterkuren; ja wir gehen weiter und glauben, daß die meisten Kurgäste wenig oder keinen Unterschied zwischen unserem Bade und den verschiedenen belobten »Nizzas von Deutschland« verspüren werden.

Die klimatischen Verhältnisse sind überhaupt hier die dem menschlichen Organismus zusagendsten, die größte Hitze nämlich fällt in die Sommermonate, Juli und August, die stärkste Kälte haben wir im Winter. Auf heiße Nachmittage folgt im Sommer wie in den meisten Tälern abends rasche Abkühlung mit feuchten Nebeln, so daß auch hierdurch für heilsame Abhärtung gesorgt ist. An Feuchtigkeit und Niederschlägen fehlt es auch nicht, in einem früheren Sommer zählten wir auf 90 Tage etwa 30 Regentage. Die wohltätigen Abendnebel zwingen den Kurgast, sich zeitig zurückzuziehen und nicht zu lange umherzulaufen, sowie andererseits die Morgennebel ihn zu wärmerer Bekleidung nötigen. Ein nach Süden zu befindlicher großer Sumpf stärkt die Widerstandskraft des Organismus gegen Malaria. Mit einem Worte, das Klima unseres Bades ist so, daß, wer sich daran gewöhnt hat, zuversichtlich sagen kann, er könne jetzt etwas Gehöriges vertragen.

Nun verdient aber endlich noch ein ganz besonders vorteilhafter Umstand sehr der Beachtung, es ist dies die Gegenwart mehrer großer Gerbereien. Durch die weitreichenden Ausdünstungen derselben, welche jeden Ankömmling sogleich frappieren, wird ein ganz eigentümliches therapeutisches Agens geschaffen, eine Art animalischen Luftbades, eine Tiergasatmosphäre, und indem sich nun mit diesen animalischen Gärgasen die Gerbsäure verbindet, haben wir ein sehr merkwürdiges heilkräftiges Gemische erhalten, welches mildernd und tonisierend zugleich auf die Lungen und auf den ganzen Organismus wirkt, und dem wir den Namen:

Tanninsaure animalische Luftbäder

gegeben haben. Die Patienten gebrauchen sie einfach in der Weise, daß sie sich in der Nähe der Gruben der Gerbereien niederlassen oder tief atmend um dieselbe herum wandeln[1] . An das Unangenehme der Ausdünstung gewöhnt man sich bald. Über Gestank klagt überhaupt heutzutage kein gebildeter Mensch mehr, seitdem Moschus und Patschouli in der Modewelt duften. Und dann, was

---

[1] Später soll ein eigener Inhalationssaal und ein Apparat mit schönen Bernsteinmundstücken eingerichtet werden.

tut und duldet man nicht der Gesundheit wegen, zumal an salinischen Schwefelquellen?

III. Das Leben in Salzloch

Alte Zeit, neue Zeit. – Die ländlichen Genüsse. – Sehenswürdigkeiten. –
Das Konversationsgebäude. – Trinkhalle. – Der Wasserfall. – Wirtshäuser.
– Reisegelegenheiten. – In Sachsen: 1704. – Kurpersonal. – Leben und
Charakter der Gesellschaft. – Kurmusik. – Der Kanonier von Schwalbach.
– Abhandlung über das
Spiel.

Der Menge biet' ein buntgeartet Spiel;
Doch gib ihr reichlich, gib ihr viel.
Dann findet jeder etwas, was er mag,
Und lobt den Geber und den frohen Tag.

Wir werden in diesem Abschnitt alles dasjenige zusammenfassen, was wir dem Besuchenden über die Örtlichkeit und die Sehenswürdigkeiten von Salzloch mitzuteilen haben, wir werden uns über die geselligen Vergnügungen, über die Art des Lebens, über die Gasthäuser, über Reisegelegenheit, Vergnügungen und Erholungen des Badeorts auslassen, und dann werden wir mit einigen Andeutungen über die hohe therapeutische Bedeutung des Hasardspiels schließen.

Jedes lebende Geschlecht will sein Opfer haben, wie der tobende See im Teil, um daran seinen Mut und seinen Unmut auszulassen, oder, um uns derber auszudrücken, es bedarf eines Esels, dessen Sack es prügele. Zu einem dieser Opferesel hat man nun in den letzten Jahrzehnten die Bäder, deren Luxus und vor allem das Spiel an den Bädern auserwählt. Wie wenig die Angriffe dem Opfer geschadet, wie wenig die Prügel des Sacks bis zur Haut des Esels hindurchgedrungen sind, beweist aufs Überzeugendste die Blüte und das Gedeihen der alten bekannten, das Emporkommen neu erfundener Badeorte. Es ist ein immer noch gebrauchter, wenn auch verbrauchter Redemodus der Verderbtheit der Gegenwart, die Einfalt und Solidität der Vergangenheit der sogenannten alten guten Zeit vor das Antlitz zu halten, um sie zur Schamröte zu zwingen. Rücken wir aber dieser alten guten Zeit selbst einmal etwas näher auf den Leib, und heben wir ihr den historischen Nebelschleier von dem Haupte, so finden wir gemeinlich, daß sie gar nicht besser, oft wohl noch viel schlechter als die Enkelin, die Neuzeit, war:

> Das Vergangene zu preisen und die Gegenwart zu schelten,
> Muß von aller Art von Tugend stets für die bequemste gelten!

Geradeso geht es auch in bezug auf den beschrieenen Badeluxus. Das 17. Jahrhundert besaß in Schwalbach ein Luxus-Bad, wie nur heute eines existiert; Fürsten hielten dort hof, oft mit einem Gefolge von fast hundert Personen und vielen Pferden und großem Gepäckwesen. In den reichen Bürgerfamilien galt das, was jetzt dem Gatten durch Vermittelung des Herrn Hausarztes allenfalls abgeschmeichelt und abgeheuchelt werden muß, damals als Grundgesetz: Bei den wohlhabenden Bürgersfrauen in Frankfurt war es nämlich im Ende des 17. Jahrhunderts Brauch, daß sie sich ein Gewisses für den Badeaufenthalt in Schwalbach in den Ehepakten ausbedungen. Jedenfalls waren sie praktisch, die Bürgerinnen der guten alten Zeit. Daß das damalige Badeleben von dem heutigen nicht allzusehr verschieden war, geht aus der Beschreibung eines Johann Eikel hervor, der von Schwalbach im Jahr 1608 also meldet: »Da sitzen sie al under einander, Mann und Weib, in einem Zirkel herum, wie in einem Theater, und hatt ein jeder Person in Sonderheit ihr eigen Trinkgeschirr von vergülten oder unvergülten silbern Bechern, Gläsern, Krügen und andere Gefässen; sitzen, gehn und stehn und zechen des Bronnens mit Macht, ein jeder nach seiner Proportion und Gelegenheit. Darauf gehen sie dann umb die Berge herumb spazieren, hie eine Compagney und da eine, daß sie zum theil schwitzen, zum theil sich sonsten so ergehen, biß es bald essen's Zeit wird. – Da hört man allerley Discurß bei dem Bronnen. – Es sind auch hier allerley französische Gramer mit ihren Wahren und andre mehr, welche Nürnbergisch Silbergeschirr, Edelgestein und dergleichen feil haben, Kupferstücke und anderes: Summa ist fast wegen der vielerlei des Volks einem kleinen Frankfurter Meßlein zu vergleichen, ist warlich wohl sehenswerd.«

Konzerte und Bälle währten schon damals weit in die Nacht hinein; Deutsches Schauspiel und eine Oper waren dort. In Kleidung und Dienerschaft wurde der stolzeste Luxus getrieben, und was das Hasardspiel angeht, so hat es mit dem Schamrotwerden der Gegenwart gegenüber der guten alten Zeit keine besondere Eile: In

Schwalbach waren mitunter 30 Spieltische vollauf umstellt, wo von wenigen Pfennigen bis zu Haufen Goldes gesetzt wurden, und gar mancher stolze Galan und manche üppige Edelfrau verloren hier den letzten Lappen vom Leibe. Hetzjagden wurden veranstaltet, Scheibenschießen gehalten, und auch eine Kurmusik war schon daselbst. Tout comme chez nous! Es wurde der Rat, den ein damaliger Poeta den Schwalbacher Kurgästen gab, so scheint es, gewissenhaft befolgt, und dieser Rat lautet:

Thue singen, spiele, tantz, sey fröhlich, frey und frisch,
Hier leget selbst der abt die würffel auf den Tisch,
Hier pfleg der Lust, und spiel, thue alle Freud genießen,
Das wird dir deine Cur allein, sonst nichts, versüßen.
Fort mit melancoley, angst, sorgen, zank und streit,
Die weilen Alles dieß hat Sein gewisse Zeit.

Das war damals Badeleben! das ist heute Badeleben! Wie die Alten gesungen, so zwitschern die Jungen, oder vielmehr sie können das Lied nur ein wenig besser.

Wenn es in unsern heutigen Bädern mitunter etwas gar toll hergeht, dann fällt uns die Fabel ein, daß auf der Insel Kos, der Geburtsstätte des Hippokrates, eine Quelle gewesen sein soll, welche die, so davon tranken oder darin badeten, zu Narren gemacht habe. Dasselbe könnte man noch von vielen modernen Brunnen- und Badeorten mit größerer Wahrheit behaupten.

Um nun von diesem Rückblick in die Vergangenheit wieder zur lebendigen Gegenwart zu gelangen, so mag vorerst hier die allgemeine Versicherung ausgesprochen werden, daß unser Salzloch zu Zerstreuungen im angegebenen Sinne zwar in bescheidenem, aber doch hinlänglichem Maße Gelegenheit bietet. Wir haben eine milde, friedlich stimmende Gegend, wechselvollen Gesellschaftswirbel, geräumige Konversationssäle und eine Spielbank.

Das Dorf Salzloch selbst hat, wie schon erwähnt, einen entschieden idyllischen Charakter, und die sanften Akkorde bukolischen Geblökes, Wieherns, Krähens, Bellens und Grunzens begleiten den darin Wandelnden und rufen in ihm den Sinn für einfache Naturfreuden wach. Für Frauen insbesondre mag das Füttern der Gänse und Enten eine angenehme Beschäftigung sein, gleichwie schon

Dr. Kempfe in seiner Beschreibung von Töplitz (1706) das Schwanenfüttern im Schloßgarten »dem Frauenzimmer als einen gar anmutigen Zeitvertreib« preist. Für das männliche Geschlecht erwähnen wir das Kirchweihfest mit dem Hahnenschlag und anderen Schlägen. Die zwar unscheinbare und baufällige Kirche mahnt zu ernsteren Empfindungen, so wie neben ihr das kleine Schulhaus mit seinen Lauteübungen und chaotischen Choralversuchen, vor allem aber durch den Lärm der am Schluß der Unterrichtsstunden hervorbrausenden Dorfjugend die Erinnerung der eigenen frohen Kindheit als ein freundliches Bild vergangener Zeiten heraufzaubert. Es ist dies eine Dorfjugend:

> Paradiesisch nackt und bloß,
> Ohne Schmuck und Affenputz,
> Und dem Adams-Erden-Kloß
> Ähnlich noch in ihrem Schmutz!

Mitten im Dorfe steht das sogenannte Rathaus, dadurch kenntlich, daß sich eine Uhr ohne Zeiger an ihm befindet, eine Versinnlichung des Spruches: »Dem Glücklichen schlägt keine Stunde!«, und daß eine mit Drahtschutz versehene schwarze Tafel mit einer Verordnung von 1799 gegen das Betteln neben der einen Seite der Türe sich befindet, während auf der andern Seite gemeinlich eine alte Frau um eine Gabe anspricht. An diesem Merkzeichen ist es nicht leicht zu verkennen, zum Überfluß ist jedoch das eine Fenster des Erdgeschosses mit alten rostigen Eisenstäben vergittert, und, indem sich so der dahinter liegende Raum als Gefängnis manifestiert, mahnt er auf eindringliche Weise an die Hinfälligkeit und Unhaltbarkeit aller menschlichen Zustände, vielleicht für einen oder den andern Spieler ein dankenswerter Fingerzeig.

> Mit leichtem Mut geht man vorbei;
> Doch innen heißt's: erdulden!
> Drum halt von schwerer Schuld dich frei
> Und frei von leichten Schulden!

In der Nähe, etwa eine Stunde entfernt, liegt auch das Schnackenbergische Zuchthaus, wenn auch in wenig verlockender Gegend, doch immer in psychologischer Hinsicht interessant und eines Besuches wert, und insofern, als es durch Abschreckung heilsam wirken kann, für einen Heilort nicht ganz unpassend. Und wer weiß, wo des Lebens wirre Pfade enden? Wer nicht dahin will, kann es übrigens ja vermeiden.

Den interessantesten Punkt der Sehenswürdigkeiten von Salzloch bildet jedenfalls das Kurgebäude. Es ist neu in einem sehr schönen, aber bis jetzt noch nicht definierten Baustile gebaut, halb maurisch, gotisch, byzantinisch und Renaissance; nicht unpassend wurde er von Kunstkennern als ein ganz neuer, und zwar als Crédit-Mobilier-Stil bezeichnet. Der Eindruck ist ein sirenenartig schwindelerregender.

> Sonderbarlich sieht es aus,
> Fast wie ein verzaubert Haus,
> Viel Geschnörkel, grad und krumm,
> Unten, oben, drum herum.
> Zwischen Säulen wie Gespenster,
> Weiß kein Mensch, was Tür, was Fenster,
> Und wer eintritt, weiß nicht recht,
> Geht's ihm gut da oder schlecht.

In und um dieses Haus konzentriert sich nun das eigentliche Leben der Saison; hier treffen sich unerwartet alte Freunde; hier reizt der unbekannte Fremdling die Neugierde eingewohnterer Badegäste; hier entfalten reizende Frauen die wohlberechnete Pracht der modernen Toiletten. Nach wohlbesetzter und bequemer Mittagstafel schlürft sich hier im Schatten der Bäume behaglich der Mokkatrank gewürzt vom Dampf der Havanna; auf- und abwandelnd verplaudern Leute, die aus fernen Weltenden der Zufall hier zusammenführte, manche Viertelstunde in lehrreicher und angenehmster Weise, während es politisierenden Eremiten vergönnt ist, einsam durch die Spaltgassen mannigfacher Zeitungen zu pilgern oder sich an der Riesen-Times festzusaugen; mit einem Wort: Hier lernt sich schnell die sonst so schwere Kunst, die Zeit in geschäftigem Müßiggang hinzubringen und dem Genuß die angenehme Färbung einer pflichtgemäßen Beschäftigung, dem Vergnügen den Charakter einer angenehmen Arbeit zu geben. – Die Pracht der Spielsäle überbietet alles Dagewesene und alles Zukünftige.

An diesen Palast schließt sich die hölzerne Trinkhalle. Da dieselbe in der letzten Zeit an ihrer Bedachung etwas schadhaft geworden ist, so hat die Brunnenverwaltung die humane Sorge getragen, daß regelmäßig bei eintretendem starken Regenwetter Regenschirme und Überschuhe an der Quelle zu vermieten sind. Vor dieser Halle liegt der Mineralbrunnen in guter Fassung.

Die schon beschriebene einfache, aber stille Promenade begleitet den sanften Faulbach aufwärts etwa eine Viertelstunde weit, und dort an ihrem Ende befindet sich als beliebtes Wanderziel der Wasserfall; derselbe wird durch ähnliche Vorrichtungen wie in der Sächsischen Schweiz bei günstigem Wetter, d. h. nach oder bei Regen, gewöhnlich sonntags von 4 bis 4¼ Uhr nachmittags gegen 3 Kreuzer für die Person losgelassen, in sehr trockenen Monaten wird darauf verzichtet.

Für die Unterkunft der Fremden ist in den verschiedenen Gasthöfen und Wirtshäusern, sowie bei Privaten hinreichend Gelegenheit zu finden, und es richtet sich Art und Preis des Lebens nach den Wünschen, Bedürfnissen und Gewohnheiten. In den feineren Gasthöfen ist es etwas teuer, ein Umstand, den unser Bad mit andern Bädern ebenbürtig gemein hat. Mit dieser Teuerung in den Badeorten ist es ein eigentümlich Ding. Schon L. Lölius erzählt in der »Hygieia Weihenzellensis« (1682, p. 11) von einem Brunnen in der Oberpfalz, der, sobald er begann zu fließen, große Teuerung vorher verkündete, und dann so lange fortströmte, als diese dauerte, dagegen versiegte, wenn billige Zeiten anbrachen. Solche Wunderbrunnen sind aber fast sämtliche Badequellen, und billig wird es daselbst erst, wenn sie einmal versiegen sollten; mithin aber ist die Teuerung gar nicht die Schuld der Wirte, sondern des Wassers.

Bei dieser Gelegenheit muß auf einen Gebrauch aufmerksam gemacht werden, der aber dem unbefangen Urteilenden nicht mehr als billig erscheinen dürfte. Wenn nämlich in den Gasthäusern ersten Rangs, z. B. im »Roten Ochsen«, »Im Goldnen Rade« ein Zimmer mit Mittagstafel täglich drei Gulden kostet, so berechnet es der Wirt, wenn der Gast auswärts, etwa im Kurhaus, speist, mit vier Gulden, aus dem begreiflichen Grunde, daß der Wirt bei der kurzen Kurzeit etwas verdienen, und daß dieser Gewinn, wenn man außerhalb zur Tafel geht, dem Wirte auf hinreichende Weise ersetzt werden muß. Die Kost ist übrigens verschieden, von der feinen französischen Küche bis zur derberen Landeskost; für letzteres spricht schon der Scherz, daß der Gasthof »Zur blauen Luft« seit Jahren den Spitznamen »Zum steinernen Pudding« führt. Im allgemeinen gilt von den hiesigen Gasthöfen der Spruch, der auch anderwärts gilt:

> Fordern kannst du nach Behagen.
> Ob du's kriegst, wer kann es sagen?

Reisegelegenheit findet sich nach und von allen Seiten, und die bekannten Omnibus bringen die Fremden von der fünf Stunden entfernten Eisenbahn in hergebrachter Weise nach Salzloch. Eine Zweigbahn ist projektiert und wird ohne Zweifel in Kürze vollendet sein, wobei von seiten der Spielpächter die ebenso humane wie praktische Einrichtung getroffen werden soll, daß der Reisende nur die Hinfahrt zu bezahlen haben wird, während er auf der Heimreise bis zur Hauptstation umsonst spediert wird, dies alles aus dem einfachen Grunde, weil die Betreffenden in der Regel doch all ihr Geld an die Bank zu verlieren gewisse Aussicht haben.

Sollte nun aber einer oder der andere unserer Badegäste mit unseren Einrichtungen nicht zufrieden sein – und es gibt ja überall Leute, die dies nie sind –, so wollen wir diesem zum Tröste ein Stück der Darstellung mitteilen, wie sie ein Kollege (1704) gibt in seiner »Wahrhaftigen Beschreibung des Gesundbrunnen, so unweit Dölitzsch entsprungen«. Es mag dies Genrebild dem einen zur Ergötzung, dem andern zur Beruhigung dienen.

»Am allerbesten haben es die Bettler, denn die halten am längsten aus, wenn ihnen gleich auch gar nichts fehlt, als *vivres*; denn da setzt es *accidentia* vor sie. Sonsten ist nicht zu leugnen, daß zwei unanständige Dinge da sein, warum absonderlich vornehm nicht lange da bleiben und die gebührende Kur abwarten kann: 1. Incommodität oder Unbequemlichkeit; massen es wenig gute Bauernstuben gibt, darinnen Dames oder Cavallieres können ad interim zufrieden seyn; wiewohl auch hier der Trost seyn muß, daß es eben so lange nicht währen kann, man auch in der Zeit sich mit Spaziergängen in's grüne Feld, mit angenehmer Compagnie oder seinen eigenen Speculationen divertiren kann. 2. Theuer Leben;

massen die Bauern so gut als die Wirthe in Leipzig, vor einer Stunde allein des Tages 8 bis 12 Gr. gefordert und auch bekommen müssen. Hat einer nur ein grob Bette zur Zudecke und ein Haupt-Küssen, muß er ordinär jegliche Nacht 1 Gr. geben, so gut als in dem besten Wirthshause. Was ist aber eine *Comparaison* zwischen den Leipzigischen Logie und den Bauern-Stuben, da einen die Fliegen dreimal wieder anstechen, wenn man sie zweymal weggejagt, welche so geizig sind als ihre Wirthe. Von den essenden Waaren mag nicht viel erwähnen, als mit welchen es vollends ransteigt und doch kahl aussieht. Drum gebe einem jeden die Lehre, daß er bey sich zu Hause Anstalt mache, auf 12 bis 14 oder auch mehr Tage verproviantirt zu seyn, wann er anders nicht mit größern Kosten die *vivres* aus Halle will holen lassen. Und bringt er nicht seine eigene Betten mit, so wird er den Flöhen, absonderlich im Julio und Augusto, zur Marterbank. Am besten kömmt das gemeine Volk aus, welches sich auff eine frische Schütte Stroh (wenn es allzeit wahr ist) hinlegt und mit einem Stücke Brod und Butter vorlieb nimmt, sich eine halbe Mandel Eyer macht, welche es doch auch so theuer bezahlen muß, als wenn sie die Bauersfrau in die Stadt traget; will es Fleisch essen, so läufft es das Eckgen nach Landsberg und kauft sich ein paar Pfund, denn in Dörffern kriegt man leichtlich keins, es müssten denn zum Frühlinge die Kälber kommen. Dieser Ort ist sonderlich zu Curen wohl auserkohren, als an welchem der Patient nicht leichtlich in Diaet pecciren kann; denn keinen Wald erblickt man hierinne, daß etwa Wildpret zu bekommen wäre, und ohne dem von dergleichen Waare keine Zuführe in die Dörffer ist, oder doch zum wenigsten, da keine gesehen wird; kein Wasser sieht man groß, daß ihm also die Fische den Magen auch nicht verschleimen können; Wein und andere delicate Bißgen werden ihm auch nicht schaden, denn das ist so ferne von dem Orte, bis ihn die Hällischen Weinhändler, *Tracteurs, Confituriers* was zeigen. Will er den Bauern die Hüner theuer genug bezahlen und schlecht zugericht, so steht es ihme frey. Wenn die Landsberger Becker nicht Brodt rausschafften, müssen die Patienten bei der Wasser-Kur zugleich auch eine Hunger-Kur anstellen; denn die Bauern backen Brodt für sich, und würde auch nicht zureichen.«

Wäre dies nicht ein treffliches Programm einer Korrektionsanstalt für unzufriedene Badegäste?

Der gesellige Verkehr in Salzloch steht auf der Höhe der Zeit, und die Anordnungen entsprechen allen verfeinerten Bedürfnissen. Das Publikum kommt aus den verschiedensten Weltgegenden hier zusammen, namentlich ist gesorgt, daß in jeder Saison die Britische Insel ihr Kontingent liefert, welches sich mit dem diesem Reisevolke eigenen Air bewegt und untrügliche Lords darstellt; auch finden sich immer mehr Russen, und der unentbehrliche ungarische Magnat fehlt nie. Ja, wollten wir unsere Schrift, wie andre Thermographen, zu einem Fremdenblatte machen, so würde man sehen, daß wir uns schon hoher und selbst schon allerhöchster Gegenwart zu erfreuen hatten; darüber gibt aber die wöchentlich erscheinende Salzlocher Brunnenzeitung hinlänglich Aufschluß. Nur um unsere Kurbevölkerung zu charakterisieren und um dem Schema von Ems zu folgen, geben wir von der vorigen Saison nachstehende Notiz. Es waren anwesend:

1. Fürstliche Personen aus regierenden Häusern   4

2. Fürstliche Personen aus nicht regierenden Häusern   16

3. Personen aus Gräflichen, Freiherrlichen und sonst adligen Familien, Minister, hohe Militärs und sonstige Notabilitäten   260

4. Menschen   2462

2742

Während so auf der einen Seite durch die Gesellschaft ein hocharistokratischer Duft zieht, ist doch auf der andern Seite der Ton ein so leichter und freier, daß er den bürgerlichen Bader nie unbequem berührt. Schroffe Scheidung der Stände und Lebensstellungen ist nirgends zu bemerken, und Reste der mittelalterlichen Barbarei, wo wie in Schwalbach einst die Juden nicht selbst am Brunnen schöpfen durften, sondern einen besonderen Platz inne und sich 14 Fuß von der Quelle entfernt halten mußten, wird man vergebens suchen. Wer hier seine Vergnügungen bezahlen kann, ist der vier- bis sechswöchentliche ebenbürtige Ehrenbürger des Landes.

Man fragt nicht, ob du Jud', ob Christ,
Noch wie du sonst wohl betend bist.
Ungläubig wird nur der genannt,
Der seinem Gläubiger durchgebrannt.

In den geselligen Abend-Vereinigungen im Kurhause herrscht ein leichter ungezwungener Ton, und die Fröhlichkeit der Mittagstafel dauert oft bis in die Abendstunden hinein. Es fehlt uns nicht an den Anklängen großstädtischer Vergnügungen; einzelne verirrte Virtuosen geben zuweilen Konzerte, wobei sie von dem ausgezeichneten Badeorchester möglichst unterstützt werden; klimakterische Mimen beiderlei Geschlechts arrangieren wohl mitunter eine deklamatorische Abendunterhaltung, oder ein reisender Taschenspieler erheitert durch mancherlei Scherze die Beendigung und den trocknen Dessert des Mittagessens. Die anwesende Badewelt gruppiert sich zu verschiedenen kleineren geselligen Kreisen, gemäß individueller Affinität und Assimilierbarkeit; Landpartien werden nach idyllischen Bauernhöfen veranstaltet, wo die unumgängliche Sauermilch und ein lustiges Pfänderspiel im Freien als regelmäßiges Ziel in Aussicht steht, und wo plötzlich hereinbrechender Platzregen ein Hauptvergnügen bildet. Bei ungünstigerem Wetter entschädigt das Lesezimmer des Konversations-Hauses, oder bietet die Leihbibliothek dem einen einen Roman von Feydeau, dem andern den Zauberer von Rom, wobei gewißlich der Himmel sich wieder aufhellt; in dem Musiksalon versammeln sich die Dilettanti um das Piano, wo endlose Variationen älteren Stils oder moderne Bravourstücke, wenn auch mit Hindernissen vorgetragen, die Unbilden des Himmels vergessen lassen, oder Lieder wie »Das Schiff streicht durch die Wellen« den besten Maßstab abgeben, ob der chronische Katarrh des Sängers in das Stadium der Auflösung getreten ist. Übrigens ist der Ankauf eines Flügels in Aussicht gestellt.

Man hat denen, welche sich an Badeorten aufhalten, ohne die Kur zu gebrauchen, nur der Lust und der Zerstreuung wegen, wohl mitunter den Vorwurf gemacht, sie seien Faulenzer und Tagediebe oder mitunter wohl gar noch schlimmere Diebe. Nun sind wir aber gerade ganz anderer Ansicht. Es ist ein Beweis höchster und reinster Humanität, sich an einem Orte vergnügen zu wollen, wo auf der einen Seite der Anblick menschlicher Leiden und irdischer Hinfälligkeit die aufbrausende Lust mäßigt und den Übermut herabstimmt, und wo anderseits das Schauspiel kommender und vollendeter Genesung mit Vertrauen und Dankbarkeit erfüllt. Von diesem Standpunkte aus erhält die sonst so frivol gescholtene Badegesellschaft einen leisen Anstrich religiöser Genossenschaft, ergo: Wer hier nicht krank ist, ist gut.

In der Kurzeit spielt morgens und abends die Schnackenbergische Hof-Kapelle hier, verstärkt durch musikalische Kräfte, namentlich blecherne aus den umliegenden Dörfern. Diesen Aufführungen ist zwar nachgesagt worden, daß, wenn zwei Instrumente zusammen spielten, notwendigerweise wenigstens eines immer falsch sei. Dies ist teils wohl Übertreibung, teils ein Umstand, den unser Badeort mit vielen andern teilt. Weiterhin muß ich aber die ärztliche Bemerkung einschalten, daß falsche Töne und Dissonanzen nach meiner Erfahrung eine unverkennbare therapeutische Bedeutung haben. In gewissem Grade schlechte Musik unterstützt wesentlich die Wirkung des Mineralwassers, vielleicht durch eine eigentümliche Wirkung auf den Nervus acusticus und durch mittelbare Affektion des Sympathicus des Abdomen; auch hat solche Musik etwas Sauermilchähnliches. Wenigstens ist mir ein Fall bekannt, wo ein zur Kur hier anwesender berühmter Kapellmeister nach achttägigem Gebrauch der Quelle und des Morgenkonzerts schnell abreiste mit der Bemerkung, er sei vollkommen von Salzloch kuriert! In einer sogleich weiter zu zitierenden Schrift über das Badeleben in Schwalbach heißt es schon vor mehr als 120 Jahren sehr richtig: »On prétend que cette Symphonie contribue à faire passer les eaux avec plus de facilité.« Wir charakterisieren Bademusiken der Art am besten durch die Worte:

In chaotischem Knäul verwirren sich Geigen und Flöten;
Blindlings aber hindurch wettert das schmetternde Blech.

Und für diese Musik zahlt jeder Kurgast in Salzloch die Woche einen Gulden.

Man sollte es nicht verschmähen, von seinen Vorfahren zu lernen, wo etwas wirklich Brauchbares zu lernen ist, statt daß wir uns gewöhnlich abmühen, nur die alten überlebten Vorurteile eigensinnig beizubehalten. So war z. B. in Schwalbach vor 130 Jahren eine allerliebste Einrichtung, um die Kurwelt alsbald in Kenntnis von der Ankunft neuer Gäste zu setzen, ein Verfahren, welches jedenfalls rascher wirkte als Badelisten, die meist erst dann erscheinen, wenn die Besuchenden schon längst wieder abgereist sind. Wir können uns nicht versagen, die Beschreibung, wie sie in den »Amusements des eaux de Schwalbach« (1739) steht, wörtlich hier wiederzugeben: »On ne peut manquer d'être averti lorsqu'il arrive quelque personne de considération aux bains. Car un vieux soldat invalide a construit un petit fort, qui pourroit servir aux peuples de Liliput dont parle Gulliver dans sa rélation, et il en a garni les remparts de boîtes et de petits canons, auxquels il met le feu dès qu'il apperçoit une voiture ou un cavalier sur la montagne de quelque coté qu'il arrive. Cette petite artillerie fait un bruit épouvantable au milieu de ces collines et à la faveur des échos, qui retentissent de tous cotés. Dès qu'en entend ces décharges on se met aux fenêtres, et les carosses étant entrés dans la cour, on examine les personnes, qui en sortent. Si ce sont des amis, on court au devant d'eux, et si ce sont des gens incommodes, dont la présence pourrait troubler les parties de plaisir auxquelles on se prépare, on se retire promptement dans sa chambre. Ainsi cet invalide rend de très bons Services à ceux qui prennent les bains.« – Solch ein Verfahren spricht gewiß für konsequente Durchführung des Prinzips des Knalleffekts, und der Kanonier von Schwalbach könnte noch heute an vielen Orten viel Pulver verbrauchen.

Nunmehr müssen wir in diesem Abschnitte noch einen Gegenstand besprechen, dem sich viele an unserer Stelle nur mit Scheu und Verlegenheit genähert hätten, den andre Badeärzte nur ängstlich und oberflächlich berühren, oder noch klüger gewöhnlich ganz mit Stillschweigen übergehen, wir meinen das Spiel und die Spielbank. Wir werden darüber unsere Meinung sagen, vielleicht abweichend von der aller andern, aber geradezu und ohne Scheinheiligkeit und Heuchelei.

Wenn dich dein Herz zu reden heißt,

Dann rede laut und wahr und dreist!

Wir werden den Beweis liefern, daß es in der Welt gar nicht auf die Dinge an sich ankommt, sondern allein auf den Standpunkt, von dem aus wir sie betrachten, und so viel Freiheit wird man doch dem Individuum noch zugestehen, daß es sich denselben wählen kann, wie und wo es ihm beliebt, und daß jeder Standpunkt ein gleichberechtigter ist.

Spielen heißt den Zufall herausfordern und ihm einen Teil unseres Besitzes zum Kauf anbieten; es ist dies ein freies Handelsgeschäft, wo es darauf ankommt, wer den andern übervorteilt. Was ist daran Unmoralisches? Tut der Kaufmann mit einer halbwegs gewagten Unternehmung nicht dasselbe? Der Fürst, der sein Kriegsheer hinaussendet, wettet er nicht gleichfalls auf das Glück? Wer einen Beruf ergreift, legt er nicht gleichfalls seine Existenz auf die Lebensbank? Und sind in allen diesen Fällen die Einsätze nicht unendlich größer, das Spiel nicht unendlich waghalsiger? Und selbst wenn es sich dabei sogar um fremden Besitz handelt, niemand schilt dies etwas Unmoralisches. Ob bei dem einen oder dem andern Spiel etwas mehr oder weniger von dem ist, was man Überlegung und Beherrschung nennt, was hat dies zu bedeuten bei der unendlichen Vielheit ungünstiger Zufälle und unberechenbarer Mißgeschicke, während doch bei Rouge und Noir es sich nur um eine oder die andere von zwei Farben handelt? Überhaupt ist das Bankhalten ein sicheres und mithin ein achtbares Geschäft und eine solide Geldanlage, wo freilich der Schnitt der Koupons mitunter quer durch die Kehle eines Unglücklichen fährt, und die Vorschüsse, die gemacht werden, mitten durch das Gehirn eines Verzweifelten gehen! – doch halt! – halt! – Ich falle aus der Rolle! Man wirft ein, es gehen so viele Existenzen dadurch zugrunde! Nun, im Krieg, in Spekulationen, an der Börse, in Geschäften, im Leben überhaupt ist dies auch der Fall und noch viel häufiger. Spielen ist kein Verbrechen, aber sich im Spiel ruinieren ist eine Dummheit. Kann nun der Staat die Dummheit verhindern? Diese Verpflichtung ihnen aufzulegen, wäre doch eine maßlose Zumutung für die Regierungen. Soll die Obrigkeit einschreiten, wenn einer sich im lustigen Leben ruiniert, mit Tänzerinnen sein Vermögen vergeudet, oder in tollen Liebhabereien, in Bildern, Pferden, Blumenzucht oder

Jagdpartien sich wehe tut und ein armer Mann werden will? Die menschliche Gesellschaft wäre dadurch zu lebenslänglicher Unmündigkeit verurteilt. Das Verbot des Spiels ist ein Attentat auf die Grundrechte und die Urfreiheit des Menschen. Aus demselben Grunde müßte man den Weinbau verbieten, weil so viele sich zuschanden trinken; man dürfte keine Rasiermesser mehr machen dürfen, weil einzelne sich damit den Hals abschneiden; kein Seiler dürfte arbeiten, weil Stricke zum Erhängen dienen. Der Staat hat schon das Äußerste, schon mehr als zuviel getan, wenn er den eigenen Angehörigen das Spiel verbietet, eine Halbheitsmaßregel übrigens, die ohnedem in der Regel nichts taugt, da z. B. bei uns die nächste ausländische Spielbank nur drei Stunden entfernt liegt. Schon Vogler (»Über Wiesbaden«, p. 202) bemerkt mit Recht: »Da man das geheime Spiel nicht verhüten kann, so soll man auch das öffentliche nicht verbieten.« Eine ganz clairvoyante Logik! Und es wäre lächerlich einzuwerfen, daß man dann auch den Straßenraum privilegieren müßte, da man den Taschendiebstahl nicht unterdrücken kann.

Das Spiel als eine Herausforderung und ein Zweikampf mit dem Zufalle liegt, wie gesagt, in der menschlichen Natur. Es läßt sich schon aus der Beschaffenheit des menschlichen Gebisses beweisen, daß das Spiel etwas Naturgewolltes und mithin etwas Sittliches ist. Der Mensch hat Eckzähne wie die fleischfressenden Raubtiere und Mahlzähne gleich den krautfressenden Wiederkäuern, er ist Wolf und Schaf. So etwas aber kann man doch nicht zugleich sein; wir fassen also die Formel richtiger, wenn wir sagen: Es muß Wölfe und Schafe unter den Menschen geben, d. h. Croupiers und Pointeurs. – Schon die alten Germanen sollen, wenn ich nicht irre, arge Hasardspieler gewesen sein; im Mittelalter wurde wacker gewürfelt. Erinnern wir uns, daß die Römer nach der Genesung als Dankspende Geldmünzen den Quellgöttinnen in die Gesundbrunnen warfen. Wir nun tun dies vor oder während der Kur, und da es mit den Najaden ein Ende hat und man heutzutage niemandem mehr zumuten kann, sein Geld in das Wasser zu werfen, so werfen wir es den Spielpächtern, auch einer Art von Sirenen, in den Schoß. Ist dies nun nicht viel nobler und uneigennütziger?

Der Staat soll nur die Natur des Menschen sich frei entwickeln lassen und seine Bürger möglichst vor Schaden behüten. Wenn nun der Staat Spielbanken konzessioniert und überwacht, nämlich den falschen Spieler bei dem Kragen faßt, so wird er damit dem Wagnistrieb des Menschen gerecht und tut in demselben Maße seine Pflicht, wie wenn er die Prostitution überwacht oder Barrieren an Abgründen errichtet, für eine Feuerwache und Spritzen sorgt, Nachtwächter und Schutzmänner besoldet. Und von diesem höheren, wir möchten sagen, hyperhumanen Standpunkte aus erscheinen uns die s. v. Spielhöllen als sehr moralische Institute, welche man mit derselben Achtung und Ehrfurcht betreten müßte, wie andre öffentliche Wohltätigkeitsanstalten, und die Croupiers und Bankhalter sollten als Staatsdiener betrachtet und so gut als Militär und Geistlichkeit mit einem Respekt einflößenden Ornate bekleidet werden. Diejenigen, die so sehr dagegen eifern, haben gewiß einmal an der Spielbank mehr verloren, als ihnen zuträglich war, d. h. sie waren, wie oben angedeutet, dumm, und nun schimpft der Ärger aus ihnen heraus. Was uns persönlich angeht, so genüge die Versicherung, daß wir niemals im Spiele etwas gewonnen haben.

Dieser allgemeine sittliche Charakter der Spielbanken interessiert uns nun hier nicht weiter. Bedeutungsvoller für den Arzt und den Kranken ist ein andrer Standpunkt, von dem aus es sich durch die Erfahrung beweisen läßt, daß diese Institute für die Heilquellen noch eine weitere ganz spezifische Bedeutung haben, und daß sie hier von wesentlicher therapeutischer Kraft sind.

Es gibt in dem Arzneischatze eine ganze Reihe von Mitteln, die sehr energisch wirken, die auch häufig angewendet werden, ohne daß wir eigentlich wissen, welcher Art und wie stark möglicherweise diese Wirkung ist. Hierher gehören Strychnin, Morphium, Belladonna, Arsenik, Chloroform, Elektrizität, tierischer Magnetismus und viele andre, und hierher gehört auch das Hasardspiel. Alle diese Mittel verlangen große Vorsicht und ganz allmähliches systematisches Steigen in den Gaben. Schon der Anblick des Goldes auf den Spieltischen bringt eine Art von Hypnotismus, eine abulistische Konzentration und Katalepsis hervor, und es ist dieses Experiment, von dem jetzt die Franzosen so großen Lärm machen, hier längst vor Broca, Braid und Azam als eine alte Geschichte bekannt. So wie ein heftiger Schreck das Schluchzen vertreibt, wie man von gewaltsamen psychischen Eindrücken, z. B. durch ausbrechendes Feuer erzählt, daß sie monomanische Seelenstörungen heilen, so kann der

Verlust an der Spielbank, als heilsame Emotion, mancherlei Nervenübel heilen. Bekannt ist, daß Angst und Furcht förderlich für die Darmsekretionen sind; wir haben also in dem Spiel ein mächtiges Hilfsmittel zur Unterstützung der abführenden Wirkung unseres Wassers. Da der Ärger die Tätigkeit der Leber zu vermehrter Gallensekretion anregt, so mag auch hierdurch im Spiel Verlust ein Heilmittel bei Unterleibsstockung und Leberleiden gefunden sein. Weiterhin ist es uns öfters zur Beobachtung gekommen, daß selbst stark und straff gefüllte Geldbörsen und Geldsäcke unter Gebrauch des Hasardspiels schnell und gründlich geschwunden sind; so läßt sich glauben, daß dieses Mittel bei Geschwülsten und Pseudoplasmen verschiedener Art mit Aussicht auf Erfolg in Anwendung gebracht werden könnte. Es vermehrt sichtlich die Auflösung und Aufsaugung. Es dürfte kein Mittel geben, um das nach Leo sog. skrophulöse Gesindel des Besitzes gründlicher zu kurieren. Wie rasch die Wirkung des Spiels gegen Verhärtung und Verknöcherung ist, sahen wir zum öfteren, indem Leute, die aus Hartherzigkeit nie einem Armen einen Kreuzer gaben, mit Gleichmut Tausende an der Spielbank verschleuderten. Endlich mögen wechselnde psychische Zustände und Erregungen des Gemüts in mannigfachen Übeln von weit größerem Nutzen sein als gleichmäßige apathische Ruhe, und dazu fehlt es wahrhaftig nicht an Gelegenheit. Die Alten fabelten von zwei Brunnen, dem einen in Phrygien, dem andern auf den glückseligen Inseln, jener mache zum Tode betrübt und bitterlich weinen; wer aber von diesem trinke, müsse sich totlachen. Wir möchten glauben, daß es Mineralquellen mit Hasardspielen gewesen sind.

Es bietet unsere Bank den Pointeurs 75% mehr Vorteil als alle andere Banken. Man spielt Roulette mit ¼ Zéro und Trente et quarante mit ¼ Refait und Pharao. An Sonntagen wird Roulette (wohl für die umwohnenden Landleute?) mit nur 1 Zéro gespielt. Hieraus geht hervor, daß die Quelle von Salzloch vollkommen das auch leistet, was Wildungen alle Tage in den Zeitungen anbietet.

Man hat den Vorwurf laut werden lassen, daß bei dem Gebrauche des Spiels leicht Störungen der Badekrisen dadurch entstehen, daß der Patient sich erschießt oder sonstwie seinem Leben ein Ende macht. Dies ist eine ganz einfältige Bemerkung, denn hier kann von keinem Gebrauch, sondern nur von einem Mißbrauch des Spiels die

Rede sein, und wie viele Kranken sind nicht durch unzweckmäßige und überstarke Anwendung des Opiums, des Quecksilbers zugrunde gegangen? Hat die Wissenschaft die Verantwortung zu tragen, wenn ein Arzt sie albern befolgt? Können wir in solchen ärgerlichen und immer höchst unangenehmen Fällen nicht fragen, wie es vor mehr als 150 Jahren der ärztliche Lobredner des Brunnens zu Dölitsch getan hat: »Was kann der Brunnen davor, wenn die ältliche Frau aus Torgau, die ganz melancholisch und verzagt ist aus Sorgen der Nahrung, den andern Tag hier mitten in Teich springt und sich ersäufen will, daß der Kerle, der gleich die Schafe zur Wollschere am Rande abwäscht, durch den Sumpf tiefer rein waten und sie rauslangen muß? Was kann da der Brunnen davor?« – Und weiter liegt folgende Betrachtung nahe: Wenn einer verschwenderisch gibt, soll man dann schelten, wenn derselbe und selten nur, auch einmal nimmt? Die Quelle gibt Tausenden Gesundheit und Leben, was ist's nun, wenn einmal ein oder der andere unnütze Bursche es daselbst verliert? Und endlich, der Selbstmord ist ja eine statistische Notwendigkeit, so gut wie das Verbrechen und der Wahnsinn. Das tröstet und entschuldigt! Bei dieser Gelegenheit können wir den Vorschlag nicht unterdrücken, es möchte von Polizei wegen in Spielbädern strengstens verboten sein, sich bei dem Erschießen des Pulvers zu bedienen; die Schießbaumwolle ist weit anständiger, da sie weniger Knall und keinen Rauch und mithin weniger Skandal macht.

Bedenken wir weiter, daß viele der in Bädern Hilfe Suchenden nur dadurch krank geworden sind, daß sie zu reich und in Wohlwollen und Nichtstun versunken sind, so müssen wir die Heilkräftigkeit der Spielbanken noch höher anschlagen. Hier ist ein herrliches Mittel geboten, schnell arm zu werden, d. h. zur Einfachheit der Natur und zur Notwendigkeit der Tagesarbeit zurückzukehren. So wird uns der Spielverlust die beste Erfüllung der großen Vorschrift: Tolle causam et tolles morbum!, und der grüne Tisch wird so zur Brücke, die von der krankhaften Hyperzivilisation zur reinen sicheren Natürlichkeit zurückführt.

Fassen wir nach unseren bisherigen Erfahrungen die therapeutischen Wirkungen des Spieles in kurzer Andeutung zusammen, so findet dieses Mittel seine Indikation: bei Nervenkrankheiten, bei Abdominalplethora und Obstruktionen, bei Verhärtungen, Geschwülsten und Skrophulose und endlich als anti-hyper-zivilisatorisches Specificum. Wir können die Vereinigung der Kochsalzbäder mit dem Hasardspiel als eine eigene Kurmethode, nämlich als

psycho-salinische Kurmethode

auffassen. Ob nun und in welchen Fällen die Roulette oder das Pharao, in welchen der Gebrauch des Trente et quarante anzuwenden sei, dies muß der speziellen Beurteilung des Badearztes überlassen bleiben.

So haben wir denn einen ganz andern Standpunkt gewonnen und schließen diesen Abschnitt mit den Worten:

Rücksichtsvoll die alten Lügen
Schmuggelt ihr als Wahrheit ein;
Sich gewohnter Sitte fügen,
Heißt noch lang nicht sittlich sein!

Sollte nun der Kanonier von Schwalbach nicht alle seine Kanonen losschießen?

IV. Die Quelle

Das Ganze kannst du nicht erfassen,
Wie auch dein Sinn sich quält und müht.
Zerteilen, rufst du, muß sich's lassen!
Das Messer blinkt, die Flamme sprüht.
Es ist geschehn. – Du blickst verwundert;
Statt eines Rätsels hast du hundert.

Ohne uns hier in eine Untersuchung einzulassen, ob die Thermalquellen nach der Sublimationstheorie vulkanischen Ursprungs oder ob sie durch Auswaschung aus atmosphärischem Wasser entstanden sind (d. h. um pharmazeutisch populär zu reden, ob sie ein Destillat oder ein Infusum sind), müssen wir doch den erhabenen, wenngleich sehr dunkeln Standpunkt einnehmen und sie wie andre Brunnenphilosophen auch für Resultate des tellurischen Stoffwechsels erklären; sie sind Produkte der großartigen planetarischen Zirkulation, des Erdatmens und des Verdauungsprozesses im Erdball, und mithin etwa im Makrokosmos dem Harn des Mikrokosmos analog. Von diesem Standpunkte aus muß der Kurgast das Wasser genießen, wenn er in der rechten moralischen Stimmung der Heilquelle nahen will. Da zu allen Dingen in der Welt Vertrauen gehört, so sollte auch der Kurgast sich in diesen notwendigen Vertrauensdusel setzen, bevor er schluckt, und deshalb sind mystagogische geologische Rhapsodien in populären Badeschriften so sehr am Platze. Dahin mag nun auch die nachfolgende Betrachtung zählen. Bekanntermaßen nimmt die Temperatur der Erde auf je 100 Fuß Tiefe um 1 Grad C zu; da nun unsre Quelle fast beständig 8° R oder 10° C zeigt, so kann man annehmen, daß sie, Abkühlungen mit eingerechnet, aus einer Tiefe von ca. 1000 bis 1200 Fuß hervorsteigt. Nun denke sich der morgens nüchtern und flau herantretende Patient, daß er vor einem 1000 Fuß tiefen Brunnen stände und soll da sein Wasser schöpfen; es werden ihn gewiß die Schauer der nächtigen Tiefe anwehen und die Geheimnisse der Unterwelt im Verein mit der Morgenkühle ihm Hautschaudern bewirken. Das ist aber die rechte Stimmung für Wunderkuren, denn:

> Das Schauerlich-Unfaßliche
> Ist für den Glauben just das Paßliche.

Ein Bad, das interessant sein will, muß durchaus vulkanische Eruptionsspuren zeigen; Basalte und Steinkohlen gehören zu dem notwendigen Mobiliar einer solchen Hospitalgegend. Leider ist es uns trotz der undenklichsten Mühe noch nicht gelungen, dieses Unentbehrliche aufzufinden; doch zweifeln wir keinesweg daran, daß es noch gefunden wird. Ein renommiertes Bad muß historisch bis zu den Römern, und mythisch-geologisch bis zur Koch- und Schmorzeit des Erdballs zurückgeführt werden, sonst ist alles Halbheit und Wind.

> Wo der Ichthyosaurus saß,
> Und die Vorwelt-Blätter fraß,
> Wo das Megatherium
> Hatte großes Gaudium,
> Schlürfen sie in späten Tagen
> Schwefelwasser mit Behagen;
> Mutter Gea weiß zu kochen
> Bouillon aus den Urwelt-Knochen,
> Und so blüht denn auch bei ihnen
> Neues Leben aus Ruinen.

Vorderhand müssen wir uns begnügen, die Viehtränke im nördlichen Walde den Fremden als einen eingesunkenen Krater und einen alten Schindanger südwestlich von dem Dorfe als paläontologischen Fundort zu zeigen. Es genügt uns dies übrigens vorderhand vollkommen.

Wir stimmen durchaus mit dem Ausspruche Heidlers (»Über Marienbad«) überein, der das chemische Analysieren der Mineralwasser einen Tötungsprozeß nennt, der nicht die volle Wahrheit lehre. Eine Analyse mit ihrer Zahlenreihe ist ein trauriges Skelett. Ja, es liegt in diesem Auseinanderreißen des natürlich Verbundenen etwas Atheistisch-Revolutionäres und eine Verhöhnung des bekannten Spruches: »Was Gott zusammenfügt, das soll der Mensch nicht trennen.« Auch wir wollen die chemische Detailkrämerei nicht zu hoch anschlagen. Was wird im Wasser nicht alles gefunden? Für ein Bad genügt es, wenn in dem Brunnen Gesundheit und um den Brunnen Vergnügen gefunden wird. Jedes Bad muß in seinem Gesamt-Heilapparat als ein Ganzes, als ein medizinisches Ganzes betrachtet werden; seine Luft, seine Lebensweise, seine Vergnügungen, sein Hasardspiel und sein Wasser mit Salzen, Gasen und Niederschlägen. Alles gehört dabei zusammen. Und Salzloch soll ein Ganzes sein so gut wie andre, denn die Halbheit taugt nichts. – Wir wollen damit die chemischen Analysen nicht als etwas durchaus Unnötiges bezeichnen, aber dem Wert derselben doch die gebührende bescheidenere Stelle anweisen, zumal in Erwägung des Erfahrungssatzes, daß Mineralwasser um so besser ertragen werden, je weniger wirksame Bestandteile sie enthalten (man vergleiche Wildbad, Schlangenbad, Badenweiler und Bertrich). Ist ja doch die ganze Welt aus Nichts geschaffen, so kann ja doch auch eine Heilquelle aus Nichts geschaffen sein.

Trotzdem aber mußten wir durchaus eine Analyse haben, und der als Wasserscheider berühmte Professor Filter hat uns eine geliefert, die allen unseren Bedürfnissen entspricht und alles genau so darstellt, wie unser Interesse es verlangt hat.

Diese überaus sorgfältige Arbeit zeigt, daß wir in unserem Wasser alles besitzen, was andre auch haben und etwa noch haben werden.

Die Temperatur unserer Quelle variiert nach der Jahreszeit, hält sich jedoch meist auf 8° R. Wir nehmen diesen Wechsel für einen großen Vorteil, indem das Wasser sich so der Stimmung des Organismus gehörig anpaßt und der Hitze des Sommers nicht noch die Hitze der Quelle aufzwingt, und im Winter durch eine große Temperatur-Differenz keine Dissonanzen in der Harmonie der Reproduktionssphäre herbeiführt.

Bei einem Barometerstand von 27″ 5‴ hielten 16 Unzen unseres Brunnens

       Kohlensäure   0,6253 p. Cub.-Zoll

Schwefelwasserstoffgas 0,0462   "

Azotgas   0,0026   "

Das kohlensaure Gas ist so äußerst flüchtig, daß wir keinerlei Er-hitzung von dem Gebrauch des Wassers zu fürchten haben, ein weiterer Vorzug.

Wir teilen nun die Analyse unseres Mineralwassers mit. Ein Pfund Mineralwasser enthält folgende fixe Bestandteile:

Chlor	-Natrium	5,9652178 Gran
"	-Kalcium	2,1785213 "
"	-Magnesium	0,1362327 "
"	-Kalium	0,4631825 "
"	-Lithium	0,0012785 "
Schwefelsaurer Kalk		0,1378625 "
"	Baryt	0,0002832 "
"	Strontian	0,0010032 "
"	Natron	0,1672308 "
Brom-Magnesium		0,0001927 "
Brom-Natrium		0,0000001 "
Jod-Magnesium		0,0000718 "
Jod-Natrium		0,0013419 "
Kohlensaures Natron		1,2678234 "
"	Kalk	2,4532163 "

"	Magnesia	0,1782738	"
"	Strontian	1,5421982	"
"	Eisenoxydul	0,0234562	"
"	Manganoxydul	0,0003267	"
Huminsaures Natron		0,0021006	"
Kieselerde		0,0000032	"
Phosphorsaure Tonerde		0,0002345	"
Reine Tonerde		0,0078312	"
Fluor-Kalcium		Spuren	
Phosphorsäure		"	
Kupferoxyd		"	
Quellsaure Tonerde		"	
Baregine (Glairine, Zoogene)		"	
Badeleim (Pseudomuzine)		"	
Organischer Extract		"	

usw. usw.

———————

Summe der festen Bestandteile   14,5248842 Gran

Bemerkt muß hier werden, daß wir diese Analyse um noch 4 weitere Dezimalstellen berechnet haben, und daß dieselben gegen portofreie Briefe von der Badeverwaltung in Salzloch bereitwillig denjenigen Ärzten zugesendet werden, welchen sie etwa für ihre Indikationen notwendig erscheinen sollten.

Nach Darlegung einer solchen Analyse können wir fragen: Was sollte noch außerdem in dem Wasser enthalten sein? Und weiter können wir die noch wichtigere Frage zufügen: Welche Krankheiten wird eine solche Quelle nicht heilen?

Wahr ist es, es fehlt uns die von Will in dem Wiesbadener Kochbrunnen entdeckte Arsensäure. Aber ist es ein Verlust, daß unsere Kranken kein Rattengift zu trinken bekommen? Oder ist auf der andern Seite der Arsenik etwa ein so bedeutungsvoller Stoff? Der Steiermärker ißt Arsenik, bevor er freit, um schöner und dicker zu werden, der Tiroler, bevor er auf die Gemsjagd geht, und der Roßkamm reicht es seinen Pferden, daß sie besser aussehen sollen. Da nun aber kein Mensch in ein Bad geht, um hernach zu freien oder um dicker zu werden und sich etwa auf einem Sklavenmarkte verhandeln zu lassen, da auch niemand Salzlocher Wasser trinkt, um auf die Gemsjagd zu gehen, so ist der Arsenik ein ganz und gar überflüssiges Ding für unsere Quelle.

Gold und Silber führt unser Wasser nur für wenige und einzelne, so für den Doctor, die Wirte, die Spielpächter.

Was den Schwefelgehalt unserer Quelle angeht, so will ich hier nur vorübergehend bemerken, daß es mit der Schätzung der Schwefelwasser noch ein ganz eigentümlich Ding ist; der Maßstab ihres Wertes liegt eigentlich nur in ihrem Gestank, und da können wir denn zur Beruhigung unserer Badegäste versichern, daß dieser zuweilen in Salzloch recht erheblich ist.

In gebrauchtem Badewasser fand die Analyse auch Seife und animale Stoffe verschiedener Art, mitunter wohl auch einen Kamm, Haare und anderes dergleichen. In dem in hölzernen Brunnentrögen stehenden Wasser bildet sich die grüne Priestleysche Materie, wir führen dies nur an, da es andre Brunnenschriften auch tun.

Es ist für den Ruf der Mineralquellen recht sehr zu bedauern, daß man mit den alten chemischen Begriffen nicht mehr hervortreten darf, denn es klingt ohne Zweifel mysteriöser, wenn man von einem Wasser sagen konnte, es enthielte: Augstein, Bergkampfer, Bergöl und Seleniter, wenn man von den spiritualischen Kräften und Subtilitäten des Schwefels, von einem subtilen schweflichten Spiritus reden konnte, als wenn es heutzutage lautet: es ist Gips, Bittersalz und Kochsalz darin gelöst. Wahr ist es, der »Brunnengeist« des vorigen Jahrhunderts spukt nicht mehr in den Quellen und in den Badeschriften; aber dafür haben wir jetzt andere Geister in Masse: kohlensaure Geister, Thermalgeister, galvanische Geister, Zellengeister, schwedische Heilgymnastikgeister, Kaltwassergeister, alles Phantastkobolde, die pomphaft ausgeschmückt, den Mund weit voller nehmen als die früheren subtilen Spiritualitäten. Oder ist es etwas anders, wenn wir erst ganz kürzlich von dem unergründlich geheimnisvollen Agens der Quelle in B. gelesen haben?

Daß mit der Eigenwärme der Mineralwasser viel eitel Schnickschnack getrieben worden ist, hat schon die Kritik der Wissenschaft und der gesunden Vernunft dargetan, und auch wir sind der festen Überzeugung, daß zwei Leute, von denen sich einer am Wiesbadener Kochbrunnen, der andere sich am Teekessel verbrennt, ganz gleichmäßig »Au!« rufen werden.

Ein Gegenstand, auf den in neuerer Zeit erst die mikroskopierende Wissenschaft gekommen ist, ist das organische Leben der Mineralwasser. Eine, wenn auch sparsame Infusorienwelt macht das Wasser erst lebendig und somit dem Organismus homogener. Es steht das Mineralwasser hierdurch auf einer Mittelstufe zwischen dem reinen Wasser und der Fleischbrühe. Man mag diese Infusorien nun als Boten einer organischen Unterwelt (jedenfalls die romantischere Ansicht) betrachten oder der Meinung sein, daß sie durch mystische Zeugung in der durch »Wärmebindung entstandenen Lichtbindung« geschaffen werden, oder sie prosaischer als von außen in den Brunnen gedrungene Elementarkeime ansehen, dies ist uns alles gleich, sie sind einmal in majorem aquarum gloriam da, und je länger das Wasser steht, um so mehr sind ihrer da. Wir schlagen die therapeutische Bedeutung dieser Tierwesen nicht gering an und glauben, daß sie eine Art animalen Magnetismus auf die vegetativen Organe ausüben, indem sie die elektrischen Strömungen in dem nervus sympathicus verstärken. Es sind verschluckte tierische Elektromultiplikatoren oder kleine Leidener Flaschen. Was in andern Gewässern gefunden wurde, haben wir auch zu bieten: Paramaecium (3 Arten), Vorticella, 5 Arten von Monaden; Jodwürmchen (?) setzen wir voraus; von Algenarten findet sich außer der Gallionella nach Leptothrix ochracea. Es kann mithin der Kurgast sein Salzlocher Wasser mit zufriedener Beruhigung herabschlürfen, er legt sich sicher die mikroskopische Heilmenagerie im Magen an. Was andere können, können wir auch. Ja, noch mehr!

Bei Untersuchung des Badesinters fand ich mehrmals das abgebildete rätselhafte Wesen unter dem Mikroskop. Es ist dies ein eigentümliches borstiges verfilztes Ding. Obgleich wir keinerlei Bewegung, noch irgend Spuren einer organischen Funktion an dem Gegenstand bemerken konnten, so haben wir doch nie den geringsten Zweifel hegen können, daß es ein Tier war, welches wir zu entdecken die Freude hatten. Einstweilen haben wir diesem Urlebwesen den Namen: hircus plicosus, Filzbock, beigelegt, und wir wurden hierbei durch die Gegenbemerkung einiger Zweifler nicht irre gemacht, welche in dem Objekt nichts als ein Konglomerat von feinen Haaren und von Brotresten (Stärkemehlkügelchen) erblicken wollten. Sie mögen schwatzen! Wir haben den Filzbock! Salzloch hat den Filzbock und ist stolz auf den Filzbock! Salzloch jubelt über seinen mikroskopischen Struwwelpeter! Und damit ist alles gesagt.

> Blödigkeit läßt Hunger leiden;
> Nur die Lumpen sind bescheiden!

Sollte der Kanonier von Schwalbach aus Freude über diese Entdeckung jetzt nicht alle seine Kanonen losschießen?

Außer dem Kurbrunnen besitzt Salzloch noch zwei Mineralquellen, die im Privatbesitze sind und in chemischer Hinsicht nicht wesentlich von jenem abweichen. Es sind dies

1. die Quelle im Gasthof »Zum rothen Hammel«. Sie zeichnet sich durch etwas größeren Gehalt an Kohlensäure aus und hat deshalb bei den Badegästen den Namen »Kohlensaurer Hammel« erhalten;
2. die Quelle im Garten des Gasthofs »Zur Ente«, bei Wirt Peter. Da dieses Wasser in der Regel eine um 2° höhere Temperatur zeigt als die anderen Brunnen, so wird es gewöhnlich Kochbrunnen genannt; der Besitzer muß sich zugleich die Bezeichnung »Kochpeter« gefallen lassen.

Zu den Kleinigkeiten, die wir allerdings etwa noch vermissen, gehört wohl auch ein Sprudel. Wir wissen auch gar nicht vorderhand, wo ihn hernehmen. Bohrversuche haben noch zu keinem Resultate geführt; aber die geehrten Badegäste mögen sich nur vertrauensvoll gedulden; wir müssen einen haben, wir werden einen haben, und sollten wir ihn an die Wand malen!

Unsre Badeeinrichtungen sind einfach und naturgemäß: hölzerne Wannen in den Souterrains der Gasthöfe. Das Wasser wird meist aus dem Bach genommen; es hat einen Mineralgehalt an Kochsalz ähnlich wie der Niddafluß bei Hausen. Durch ein Gasgemenge von 70 Azot und 30 Oxygen wirkt es belebend und enthält noch außerdem allerlei heilsame Zufälligkeiten beigemischt. Endlich sind wir eben im Begriffe, die neuerdings so sehr beliebten Wellenbäder einzurichten, und zwar wird die Vorrichtung getroffen, daß dieselben nach den verschiedenen Indikationen in 8 verschiedenen Graden angewendet werden können, und zwar als

1. Streichelbäder
2. Kitzelbäder
3. Wiegenbäder
4. Schaukelbäder
5. Stoßbäder
6. Schlagbäder
7. Rüttelbäder oder Brandungsbäder und,
8. Sturmbäder

Aus dieser flüchtigen Darstellung geht zur Genüge hervor, daß wir der Salzlocher Quelle mit voller Berechtigung den Titel einer jod-, brom-, eisen- und salzhaltigen Schwefelquelle beilegen können, und wir müssen ihr im Hinblick auf diese einzige und merkwürdige Beschaffenheit die Eigenschaft eines Universal-Wassers vindizieren. Fragt man uns aber, wo wir sie im hydrologischen System hinstellen, so antworten wir mit aller Bestimmtheit: zwischen alle, und mithin: über alle! –

Wenn wir endlich nach chemischen Analogien eine ganze Badekur in einem Modebade einer höheren sozialen Analyse unterwerfen, so muß ein 28tägiger Gebrauch für weibliche Kranken folgende Bestandteile enthalten:

Bals parés	4
Diners fins	8
Landpartien mit Umständen	6
Theaterabende	8
Konzerte	4
neue Kleider	6
neuer Schal	1
neuer Hut	1
Summe der festen moralischen Agentien	38

V. Allgemeine Wirkungen

*Das Kochsalz. – Wunderwirkungen. – Das Natron. – Die Kohlensäure. –
Das Jod. – Das Wasser des Lebens. – Ein Ballett. – Hydrogalvanismus. –
Thermaleuphemismus. – Die Bäder. – Sättigung und Brunnenkrisen. –
Nachkur. – Winterkuren. – Spezial-
behandlungsanstalten.*

> Was ihm schadet, weiß ein jeder;
> Doch die Frage quält nicht sehr.
> Was ihm helfe, fragt ein jeder,
> Und die Antwort ist so schwer.

Da wir es uns in dieser Schrift zum felsenfesten Grundsatze gemacht haben, keinerlei Scharlatanerie zu treiben, so werden wir von
unserer Quelle nie behaupten, wie man es von Karlsbad getan hat,
daß sie alte schlecht geheilte Knochenbrüche wieder trennen, und
aus krummen Beinen grade machen könne. Ebensowenig hilft sie
gegen Phthisis im letzten Stadium, gegen Agonie oder gegen das
Gestorbensein, und in allen diesen Fällen ist sie durchaus kontrain-
diziert. Aber in fast allen andern Übeln ist sie hilfreich und wird
den Kranken nicht im Stiche lassen, vorausgesetzt, daß er das Bad
zur rechten Zeit und auf die rechte Weise gebraucht. Diese Bedin-
gung freilich müssen wir auf das Entschiedenste betonen.

> Willst du für das Rechte sorgen,
> Rechte Zeit ist halbe Müh';
> Oft zu spät ist schon das Morgen,
> Wenn das Gestern war zu früh.

Die Krankheit gleicht einem Baum; ist sie noch nicht mit zu tiefen
Wurzeln im organischen Boden verzweigt, so gelingt es der Quelle
wohl, den jungen Baum zu lockern und wegzuspülen; ältere
Krankheitswurzeln und Stämme widerstehen schon hartnäckiger;
aber ganz durchwachsenes Erdreich bleibt trotz Strömen von Salz-
und Jodlösungen so wie es ist. Hier kann man nur auf die Nachkur
vertrösten, bleibt ja doch immer noch die Alternative, wer von den
Zweien zuerst abstirbt, ob das Individuum oder die Krankheit.

Auch durch eine Art chemischer Affinität zur Krankheit wirkt die Quelle, gerade so wie man dies von der Wiesbadener erzählt hat. Wenn z. B. zwei Krankheiten in demselben Organismus wohnen, wie Gicht und Hämorrhoiden, so bewirkt der Gebrauch eine Art Ehescheidung, die Doppelnatur tritt klar hervor, jede Krankheit verläuft fortan ihren eigenen Weg, der Patient hat statt einer Krankheit zwei, und wird unter Umständen geheilt.

In erster Linie müssen wir Salzloch als auflösendes salinisches Wasser ins Auge fassen. Im allgemeinen spricht schon für die eminente Heilkraft des Wassers der Umstand, daß Fische in demselben bald sterben, und Frösche keine halbe Stunde darin leben können. – Die Kochsalzquellen vermehren und verdünnen die Sekretionen, so den Stuhl, die Sputa, die Nierenabsonderungen; überhaupt werden die Produkte der Schleimhäute heilbringend. Vor allem müssen hier auch Milz und Pankreas beachtet werden; da wir noch immer nicht recht wissen, zu was diese Dinge da sind, so läßt sich solchen geduldigen Abdominaldrüsen vielerlei ungestraft in die Schuhe schieben, sowohl von dem, was sie getan haben sollen, als von dem, was sie unterlassen haben.

Wir müssen bei dieser Gelegenheit es offen aussprechen, es gibt selbst für den Laien ein augenscheinliches geheimes Erkennungszeichen und einen überzeugenden Maßstab für die Trefflichkeit und Wirksamkeit salinischer Quellen, es ist dies die Zahl und Anordnung gewisser momentaner Einsiedeleien, um deren paradeartige Offenherzigkeit wir immer Homburg beneidet haben.

Es ist bekannt, welch eine große Bedeutung das Kochsalz für die Verdauung und Ernährung hat: es macht Durst, und deshalb lieben die höheren Tiere wie Ziegen, Schafe, Ochsen und Menschen es ungemein, deshalb geben es Bierwirte und Weinschenken umsonst, und deshalb ist es in vielen Ländern auch ein Handelsartikel der vormundschaftlichen Sorge der Regierung. – Die ganze Erde ist durch und durch gesalzen. Man kann sich einen Begriff von der Bedeutung des Kochsalzes für den Makrokosmos machen, wenn man erfährt, daß man ausgerechnet haben will, es müßte, wenn der Atlantische Ozean aufs Trocknen abgedampft werden würde, ein Salzrest bleiben, der eine Fläche von 7 Millionen englischer Quadratmeilen in einer Höhe von einer Meile bedecken würde.

Die auflösende Kurmethode paßt überhaupt für eine Zeit, die so vieles auflöst und so wenig erbaut. Die Familie ist eine Art menschlicher Gesellschaftskristallisation; das Badeleben löst auch vorübergehend diese Kristallbildung auf, und es zeigt sich hierdurch zwischen dem Badeleben und dem Mineralwasser ein innerer idealer Parallelismus, ein innerer bedeutungsvoller Zusammenhang. Ja, die eminent auflösende Kraft unserer Quelle zeigte sich in noch verstärktem Grade dadurch, daß manche Ehe nach kurzem Aufenthalte der Frau oder des Mannes im Bereich unserer Najade in einen so dauernden Zustand der Auflösung geriet, daß sie getrennt blieb. In andern Fällen dagegen war die auflösende Kraft dem einzelnen Individuum gegenüber so stark, daß eine Gesamtauflösung die Folge war, indem hier ein Totum pro parte eintrat. Nirgends aber sieht man die Wirkung auf rascheren Verlauf des Stoffwechsels entschiedener auftreten, als in der Toilette der Damen. Einen Maßstab hierfür anzugeben ist rein unmöglich. Als ein an das Wunderbare grenzendes Beispiel der auflösenden Kraft unserer Quelle wurde von unserem Vorgänger der Fall eines fünfjährigen Knaben israelitischer Konfession erzählt, welcher, nachdem er ein halbes Guldenstück verschluckt und hernach von dem Brunnen getrunken hatte, nunmehr das Geld in 30 einzelnen kleinen Kreuzern entleert haben soll. Ich kann diesen Erfolg nicht bestätigen, nicht leugnen; klingt er gleich etwas märchenhaft, so mag man doch bedenken:

Wer das für wahr nur nimmt, was er begreift,
Der schleppt nicht viel Gepäck auf dieser Welt.

Durch diese gesteigerte Verflüssigung im Organismus wird natürlich das Reproduktionsbedürfnis gesteigert, und hierin finden die Wirte eine wissenschaftliche Rechtfertigung, daß auch bei ihnen ein gesteigertes Remunerationsbedürfnis sich zeigt und ihre Preise verhältnismäßig sehr hohe sind. – Auf der andern Seite sind aber Kochsalzbäder im Gegensatz zur Trinkkur in eminentem Grade konservativ, was schon aus der gewöhnlichen Erscheinung des Fleischsalzens ersichtlich ist, und der Kurgast kann sich hier nach 4 bis 6 Wochen als eine Art Gepökeltes betrachten. Freilich hat in allerneuester Zeit Herr Dr. Beneke in Nauheim nachgewiesen, daß in Bädern gar kein Kochsalz resorbiert wird; wir aber meinen, daß es sehr unvorsichtig war, so etwas zu sagen, und daß man im Interesse der Kochsalzquellen solche Ansichten gar nicht sollte laut werden lassen. Wie vielen Badegästen wird durch eine solche Entsalzung ihre Kurfreude recht eigentlich versalzen! Da man von Halipegen behauptet hat, sie schmelzten krankhafte Gebilde, sie brächten eine normale Reproduktion hervor und regelten die Lymphbildung, so wissen wir überhaupt nicht, was man nicht von ihnen erwarten könnte, denn jenes ist ja alles in einem.

Das Geheimnisvolle aller dieser Wirkungen zeigt sich darin, daß sie oft scheinbar widersprechend sind; der eine wird dicker, der andere magerer. Wir gedenken in Kürze darüber genauere höchst interessante statistische Beobachtungen an Wägungen unserer Kurgäste zu veröffentlichen, sobald die exakten Versuchsreihen zum Abschluß gekommen sein werden. Soviel können wir einstweilen mitteilen, daß Bierwirte in der Kur durchschnittlich um 34,89, Bäcker um 21,35 Prozent ab-, dagegen Schneider um 6,23 und Schulmeister um 2,52 Prozent zunehmen. Lieutenants und Kandidaten bleiben, was sie sind.

Noch einer sehr wichtigen Beobachtung, die wir zu machen Gelegenheit hatten, muß hier Erwähnung geschehen. Sie betrifft das Verhältnis der Quelle zur Zelle. Wir meinten schon längst, daß vom zellular-pathologischen Standpunkte sich über die Wirkung unseres Wassers ein neues wissenschaftliches Nordlicht verbreiten werde. Das Experiment war einfach folgendes: Es wurde über mehrere unter dem Mikroskop konstatierte Krebszellen ein halber Schoppen Salzlocher Mineralwasser gegossen; die Infusion blieb etwa ½ Stunde stehen, und nun waren die Krebszellen verschwunden, wenigstens nicht mehr zu finden.

Sie waren weg! Kein Auge sah sie wieder!
Zu Salzlochs Ruhm schreib ich dies Faktum nieder.

Es folgt daraus, daß unser Bad eine spezifisch auflösende, zerteilende und heilende Kraft gegen alle Arten von Afterprodukten hat, gegen gute wie böse. –

Soviel vom Kochsalz! Nunmehr zum Natron! Wir betrachten dasselbe zumeist als Mausermittel. Namentlich regt es die Mauserung der Leber an, und hat noch eine spezifische Wirkung in der Fettleber, indem es dieses Fett verseift und löslich macht. Man könnte diesen Prozeß als eine Art Viszeralseifensiederei bezeichnen. Salzloch ist entschieden ein Schlacken treibendes Mauserbad; es befördert die Blutmauserung und die Mauserung der Schleimhäute. Namentlich auf letzteren Vorgang kann man nicht Wert genug legen, da die Schleimhäute des menschlichen Lebens die wahren Wucherfelder der ärztlichen Hypothesen sind, wo dieselben wachsen wie Quecken und Meerrettich. – Da endlich nun das kohlensaure Natron das Pigment löst, so wäre in unserem Bade der einzig mögliche Weg gewiesen, um zu versuchen, ob man einen Mohren am Ende doch nicht weiß waschen kann, und vielleicht fände es hierdurch selbst seine Indikationen bei Melancholie und Muckerei.

Von der Kohlensäure, als solcher, wollen wir gar nicht reden; die Kohlensäure kann alles; haben wir doch kürzlich gelesen,' daß sie sogar die Milch- und Essigsäure im Magen neutralisiere.

Wir kommen nun auf einen dritten sehr bedeutungsvollen Bestandteil zu reden, auf das Jod. Und wir schreiben dieses Wort Jod mit all der Ehrfurcht und inneren Sammlung nieder, die dieser modernen Panazee, diesem Schibboleth der zivilisierten Gesundheit gebührt. Jod! O Jod! Was wären wir ohne dich? Die Welt mag noch so viele eherne Bildsäulen aufstellen, solange sie noch nicht diejenige deines Entdeckers, des Salpetersieders Courtois, errichtet hat, lastet der Vorwurf der schmählichen Undankbarkeit immer noch schwer auf ihr.

> Ende aller Erdennot,
> Es beginnt mit dir, o Jod!
> Der Gesundheit Morgenrot
> Leuchtet in dem Dampf des Jod.
> Mensch, was dir für Unheil droht,
> Flüchte hin zu deinem Jod!
> Sag, wo ist dein Stachel, Tod?
> Stumpf geworden an dem Jod!

Es haben nun die großen Jod-Doktoren die Anzeigen dieses Mittels so klar und bestimmt dargestellt, daß es kein Wunder ist, wenn es überall eine fast allgemeine Anwendung gefunden hat. Es soll aber da in Gebrauch gezogen werden, wo – wir schreiben hier wörtlich ab – der Vegetationsprozeß gestört ist und zugleich zur organischen Degeneration tendiert. Mit einer solchen Sentenz ist über alle Krebsleiden, Medullarsarkome, Epitheliome, Tuberkeln, Elephantiasis, Hautflechten, Scropheln der Stab gebrochen und den Quälereien dieser Unholde ein Ende gemacht. In dem Jod steckt die Versicherungspolice gegen alle Kinderkrankheiten, gegen alle Arten Säfteverderbnis, Tabes mesaraica, Hydrocephalus und alles und alles. Der Jodgebrauch ist der Zwillingsbruder einer menschenbeglückenden Schwester: der Kuhpockenimpfung. Und deshalb haben auch wir in Salzloch Sorge getragen, daß neben unserer Jodquelle sich während der Saison immer die ganze Jodelei, Jodmilch, Jodmolken, Jodkühe, Jodgeisen, ja sogar einige Jod-Ammen bereit finden. Wir haben so das Unsere getan; denn auch wir haben die Überzeugung, daß die Straße zur irdischen Glückseligkeit, wenn sie je sollte beschritten werden können, mit Jod gepflastert sein muß.

Wenn wir nun aber jüngst lesen, wie Professor L. Krahmer in seiner vortrefflichen Heilmittellehre dem Jod der Mineralquellen alle und jede Wirksamkeit abspricht in Betracht der Minimalquantität des Jodgehalts, der gar nicht im Verhältnis stehe zu arzneilichen Gaben, so möchten wir Zeter schreien über solchen Neuerungs-Frevel. Das sind die heillosen Folgen unserer modernen Wissenschaft, daß uns der Glauben aus dem Herzen und das Jod aus dem Brunnen wegeskamotiert werden. Wo bleibt aber Tölz und Kempten, wo Krankenheil und anderer Neurat, wo die Gasthöfe und die Logierhäuser und die Doktoren und alles, was drum und dran hängt, mein lieber bester Professor?

Einige Vorsicht dürfte jedoch immer bei dem Gebrauch zu empfehlen sein, da es scheint (Schott, »Wildbad Salzbrunn«, p. 134), als ob alte Weiber durch Anwendung des Jodwassers schwanger werden können; deshalb braucht man sich aber noch nicht von Jodophobie befallen zu lassen, am wenigsten männliche Kranke, die dies ja gar nichts angeht.

Als eine gemeinsame Wirkung der Kohlensäure, der Alkalien und des Eisens betrachten wir die nervenbelebende Kraft unserer Quelle. Die Belebung entsteht durch eine spezifische Wirkung auf das Nervenmark, welches durch die Modifikation in den vegetativen Prozessen dünnflüssiger, leichter oszillationsfähig und für elektropositive und -negative Strömungen permeabler oder, um das alles in einem Wort auszudrücken, vitaler wird. Diese nicht hoch genug anzuschlagende virtuelle Eigenschaft unseres Bades zeigt sich dadurch, daß der Geist freier, die Stimmung heiterer, zu Scherzen und Witzeleien geneigter sich zeigt, daß das Angesicht fröhlich leuchtet, die Beine tanzlustig zucken, und die Hände mit dem Gelde in den Taschen klimpern. Daß hierbei auf das Gangliensystem, diesen Souffleurkasten ärztlichen Steckenbleibens, diesen Sitz, wie man meint, einer deutschen Spezialität: des Gemütes ganz besonders eingewirkt werden muß, versteht sich von selbst. So können wir in diesem Sinne auch neben dem Eisengehalt der Quelle die Grobheit einzelner Wirte als tonisierend anführen, indem durch dieselbe die Energie der Kranken herausgefordert und geweckt und die psychische Hirntätigkeit gestärkt wird.

Durch die eröffnende Kraft des Wassers wird »das Pfortader-Gebiet« gereinigt, durch die herandringende Mineralflut gewissermaßen die porta malorum aufgesprengt, der individuelle Augiasstall gefegt und zum schmucken Festsaal umgewandelt.

In allen diesen Wirkungen liegt das, was man die verjüngende Kraft des Salzlocher Bades genannt hat. Jahre, wirklich schwerwiegende Jahre kann es freilich nicht subtrahieren, aber oft genug sehen wir hier Leute betagten Alters Jugendstreiche machen, Liebeleien anfangen, Netze auswerfen, dandymäßig umhergehen und andres mehr tun, natürlich alles unter dem Einfluß der kohlensauren Jodsalzquelle

> Frühlingstau und Sonnenlicht
> Wecken Laub aus alten Bäumen;
> Scheltet mir das Alter nicht,
> Wenn es will von Jugend träumen!

Was von Ems zu behaupten man kühn genug war, wird man doch wahrhaftig von Salzloch ebenso sagen können! Die Flimmerbewegung wird lebhafter und lustiger, tote Spermatozoen werden lebendig und bekommen einen alkalisch kohlensauren Freudenrausch, ganz wie in Ems. Ja, es fragt sich, ob man nicht durch methodischen Gebrauch unseres Thermalwassers dahin gelangen könnte, nur geniale Kinder zu erzielen, und ob nicht das Geheimnis der idealen

Verbesserung und Vervollkommnung des ganzen Menschenge-
schlechts sich im Salzlocher Brunnen offenbare.

Nunmehr muß ich eine höchst überraschende Beobachtung mit
unserem Wasser erzählen, in der die eminente psychische Bele-
bungskraft desselben wunderbar sich zeigte, und ich berufe mich
zur Bestätigung auf anwesende Freunde, so auch die Wehemutter
des Ortes, Frau Blind, und auf den alten Schäfer, die alles sahen
gleich mir selber. Ich beobachtete eines Tages 8 Stück Infusionstier-
chen, Navicularien, unter dem Mikroskope; als ich denselben etwas
Mineralwasser zusetzte, war ich erstaunt über die rasch sich stei-
gernde Lustigkeit und Lebendigkeit der kleinen Wesen, das schoß
und flog hin und her, zueinander, voneinander. Zuweilen schien es,
als flüsterten sie sich allerlei in die Ohren, als erzählten sie sich allerlei Possen und lachten dann mit den ganzen Leibchen. Es war
höchst wunderbar! Aber wer malt mein Erstaunen, fast mein Er-
schrecken, als ich sah, was weiter geschah. Zufällig, vielleicht selbst
angeregt von der mikroskopischen Lustigkeit pfiff ich, während ich
durch das Instrument blickte, eine moderne Badequadrille, sogleich
stellten sich die vier Paare »Urlebwesen« in regelrechte Tanzord-
nung und führten die ganze Quadrille in allen Wendungen mit der
größten Eleganz und Pünktlichkeit durch.

    Von *einem* Wunder laß dich überzeugen,
    Und gläubig mußt du dich vor allen beugen.

Ich frage, kann man mehr von kohlensaurem Natronwasser verlangen, und ist es ein Wunder, daß sich die schwache Bademensch-
heit auch gern und leidenschaftlich vergnügt? In mehr als einer
Hinsicht können wir unsere Quelle das Wasser des Lebens nennen,
von dem das Märchen den Kindern erzählt; der Kanonier von
Schwalbach aber könnte hier wohl einmal wieder alle seine Kanonen losschießen!

Daß bei solchen mirakulosen Wirkungen die hydrogalvanischen
Kräfte in Betracht gezogen werden müssen, liegt klar vor unbefan-
genen Augen. Wir freuen uns, daß Kastner der Elektrizität so viel
Bedeutung für Bildung und Kraft der Mineralquellen beigelegt hat,
und wir wollen schon deshalb von einer Widerlegung dieser Ansichten nichts wissen, weil uns sonst eine dunkle Erklärung noch

dunklerer Vorgänge verlorengeht. Elektrische Strömung und Brom und Jod! das klingt doch ganz anders und feierlicher als prosaisches Kochsalz und Glaubersalz! Es hat für nervöse Kranke etwas ungemein Beruhigendes, wenn sie elektropositive und elektronegative Heilkräfte nach jedem Schluck Wasser in ihrem Bauche spüren dürfen, wenn sie Magendruck für hydrogalvanische Spannung und eine Blähung für elektrische Strömung halten können. Sind sie Pantheisten, so mag in dem Brunnengeist sie der Atem der Erdseele anwehen. Alles das kann nichts schaden!

Obgleich unser Mineralwasser und die Mehrzahl aller ganz abscheulich schmeckt, so muß man doch dies dem Patienten niemals zugestehen, sondern ihm die Überzeugung beibringen, das sei was ganz Köstliches, und er wird's glauben, denn:

> Was viele treiben, finden alle gut;
> Die Menge hat nicht Meinung und nicht Mut.

Man bezeichnet deshalb die Quelle als die »stille Freundin des vegetativen Lebens«, man spricht von »der sanft sich in den Organismus schleichenden Schmeichlerin« und schwelgt in dem »balsamartigen Gefühle bei dem Trinken«. Die wenigsten Patienten vertragen die Vorstellung, als treibe man bei einer Brunnenkur den Teufel mit Beelzebub aus. Und so ist es auch in Salzloch: Auf dem sanften Pfade linder hydrogalvanischer Erregung wird die Krankheit mit Anstand und Anmut aus dem Leibe hinauskomplimentiert, höchstens benasenstübert. Die Alten erzählten, auf Naxos sei ein Brunnen, dessen Wasser wie Wein schmecke und ebenso berausche; wenn man dies nun auch von Salzloch nicht geradezu behaupten kann, so darf man doch dem Trinker zum Troste sagen, daß gar vieler Wirtswein wie Wasser schmeckt und auch nie berauscht; so wird die Parallele anschaulicher. – Durchaus zweckentsprechend scheint es uns auch, daß man bei dem Brunnentrinken euphemistisch von »Bechern«, nicht von Gläsern spricht. Es klingt dies stolzer, denn schlechtes Zeug trinkt man nicht aus Bechern, höchstens Gift.

Wir haben zwar oben schon angedeutet, daß wir von der spezifischen Thermalwärme nichts halten, doch können wir die Bemerkung nicht unterdrücken, daß viele Badegäste, welche hier warme

Bäder gebrauchten, uns darauf aufmerksam machten, wie ihnen diese Wasserwärme eine ganz eigentümliche, wohltätig ätherische zu sein schiene; es wäre, wie ein Berliner Kleiderhändler sich ausdrückte, eine kühle Wärme oder eine warme Kühlung. Von dem Grundsatz ausgehend, daß eine echte Badekur ein wirklicher Durchfeuchtungsprozeß sein muß, lassen wir auch gern viele Bäder gebrauchen, und dem Kurgast in der Wanne wird die Naturgemäßheit seiner Lage durch die Betrachtung zur beruhigenden Überzeugung, daß ein vollständig ausgetrockneter Mensch 75 Prozent an Gewicht verliert, daß ¾ des Menschen mithin Wasser ist, daß ein Bad als ein eminenter Akt der Wiedererzeugung und als eine Art Ehe des Mikrokosmos mit dem Makrokosmos angesehen werden muß.

Bei der großen Quantität Wassers, die der Mensch täglich zu sich nimmt und von sich gibt, ist sein Leib eigentlich als eine Art Filtrieranstalt oder organisches Gradierhaus zu betrachten oder als eine mit Wasserkraft arbeitende Maschine, bei der mehr Wasserzufluß das Gefälle oder die Pferdekräfte mehrt. Der Mensch soll sich deshalb überhaupt nicht gegen den Wasserverbrauch auflehnen; er kann diesem Element ja doch nicht entgehen, weil es in allen Arten von Verkleidungen und Maskeraden sich in ihn hineinschmuggelt; Ochsenfleisch z. B. enthält nach Berzelius 77,17% Wasser, die Milch sogar 80-90% und letztere zwar, bevor die Milchweiber weitere chemische Verbesserungen mit ihr vorgenommen haben.

Ein Badegast in seiner Wanne muß sich als Antaeus redivivus fühlen, der die Kräfte seiner Mutter Gea in sich saugt, oder als Säugling an den Busen der Isis polymammia. Wir Salzlocher können diese Wannenwonne mit denselben poetischen Worten beschreiben, zu denen sich Dr. Granville im Wildbader Wasser begeistert fühlte:

»Es ist eine Mischung von Heiterkeit und behaglicher Ruhe, der Entzückung eines Frommen und der wonnigen Behaglichkeit eines von Opium Berauschten. Der Kopf, das Herz und jeder Sinn sind ruhig, jedoch fühlt man weder Mattigkeit noch Betäubung, denn jede Empfindung ist lebendiger und die Vorstellung sinnlicher Vergnügungen wird stärker und lebhafter. Die geistigen und körperlichen Verrichtungen scheinen von dem Zauber eines mächtig stillenden Agens befangen zu sein, der Mensch ist wie eingewiegt in glückliche Ruhe, wie der Schiffer, der nach überstandenem Sturm sich stillvergnügt dem lieblichen Spiele der besänftigenden Nachwellen überläßt.«

Wenn dies Wildbad ist, was muß erst Salzloch sein!

Die Temperatur der Bäder richtet sich nach dem Bedürfnis der Badenden, nach der Jahreszeit und drittens endlich und hauptsächlich nach der Hitze im Badewasserkessel.

Manche Ärzte haben behauptet, das Trinken ersetze das Baden und das Baden wiederum das Trinken; es ist dies, wenn immer auch Baden erfahrungsgemäß den Durst stillt, ein großer Irrtum, wie uns nur ein flüchtiger Blick in das erste beste Bier- oder Weinhaus überzeugen kann. Kein einziger erfahrener Stammgast wird einer solchen Meinung beistimmen. Durch verschiedene arzneiliche Zusätze können unsre Bäder bedeutend modifiziert und verstärkt werden; durch Zusatz von Eisenweinstein werden stärkere Stahlbäder, durch Zusatz von Mutterlauge Salzbäder, durch Schwefelleber Schwefelbäder daraus. Schwache Konstitutionen können etwas Wein in das Bad, oder wie es gemeinlich lieber geschieht, in dem Bad nehmen. Nicht zu vergessen ist die große Wahrheit, auf welche Heidler in seinem Werke über Marienbad (1. Bd., p. 200) aufmerksam macht, daß starker Hautschmutz die Wirkung der Bäder abschwächt. In solchen Fällen namentlich zeigt sich die Anwendung unserer Quellsalzseife sehr hilfreich.

Auf den Eisengehalt der Quelle müssen wir um so größeren Nachdruck legen, als Dr. Brück in Driburg gewiß recht hat, wenn er unter verschiedenen Armuten der Gegenwart besonders eine hervorhebt und »die Blutarmut zur pathologischen Signatur der Jetztzeit macht«. Diesem zufolge muß man auch vom stahlbrunnenärztlichen Standpunkte aus ein therapeutisches eisernes Zeitalter herbeiwünschen und -streben.

Viel wird auch jetzt von Schlammbädern gerühmt. Um die Wahrheit zu gestehen, so scheint uns diese Kurart nur eine chemisch veredelte Fortsetzung der ihrer Zeit hochberühmten »Vermehrten und heilsamen Dreckapotheke« von Christian Frantz Paullini (1696) zu sein, welcher grundgelehrte Stercoraltherapeut den Ausspruch tut: »Ein rechtschaffener Arzt muß mit Dreck auch wissen zu kurieren.« Eigentliche Schlammbäder nun haben wir noch nicht, jedoch wird der Kurgast, der bei anhaltendem Regenwetter etwas in unseren Gassen umherwandeln will, diesen Mangel kaum vermissen, indem der ganze Badeort darnach eingerichtet ist, daß, wenn auch der Schlamm nicht in den Organismus, doch der Organismus in den Schlamm dringt, und dies ist doch am Ende gleich.

Es dürfte hier nun auch der Ort sein, ein paar Worte über den Saturationspunkt und die Brunnenkrisen zu sagen. Der Sättigungspunkt für den Badegast tritt in dem Augenblick ein, wo er genug, das heißt, wo er nicht genug Geld mehr hat; es wird mithin in ganz unbestimmter Zeit geschehen, bald früher, bald später, je nach der finanziellen Konstitution und dem metallischen Temperamente des Patienten. Ist der Kurgast so unvernünftig, trotz dieser Sättigung das Bad weiter zu gebrauchen, so tritt der Zustand der Übersättigung ein, welche sich durch elendes Aussehen, Beklemmungen, unruhigen Schlaf, ängstliche Träume, namentlich von Gendarmen, nicht zu stillenden Hunger, Lebensmüdigkeit und großes Heruntergekommensein charakterisiert, und häufig wird der Fall jetzt kritisch, und entscheidet sich durch gewaltsame Badekrisen, als: durch Totschießen, Erhängen oder Eingesperrtwerden u. dgl. Man bedenke beizeiten die Lehre:

> Sehne nimmer dich ins schwarze
> Reich des Todes ungeladen;
> Ärgerlich zerreißt die Parze
> Sonst den mürben Lebensfaden.

Der Eintritt des sogenannten Brunnenfiebers mit Zerschlagenheit, Kopfweh, Druck über den Augen, Appetitlosigkeit und Übelkeit sehen wir auch hier oft genug eintreten, besonders nach Bällen, Festmahlen und durchspielten Nächten. In seltenen Fällen mag es mitunter geschehen, daß die Badekrisen das ganze übrige Leben hindurch fortdauern, und somit der Kranke immer auf dem Wege zur Gesundheit ist, diese aber wie eine Fata Morgana beständig vor ihm zurückweicht. Das ist nun freilich für den armen Rekonvaleszenten-Sisyphus fatal, doch trösten wir uns in diesen wie ähnlichen Fällen mit der Überzeugung, daß es nie die Schuld der Quelle, sondern immer die des Individuums ist, wenn es nicht zur Heilung kommt, und daß ja immer noch die reizende Fernsicht der Nachkur als tröstendes Bild vor demselben daliegt. Ein sehr wichtiges Moment in der Nachwirkung der modernen Bäder habe ich schon früher angeführt und erwähne es hier nochmals: Dadurch, daß der Betreffende sein Geld verspielt oder verschwendet hat, ist er nun zu einfacher Lebensweise und Arbeit gezwungen, und findet so in einer ganz unerwarteten Nachkur Gesundheit und Kraft da, wo er sie am allerwenigsten gesucht hatte.

Eines darf der Badearzt nie außer acht lassen, wenn er von Nachwirkung des Bades spricht; er muß darunter auch die Notwendigkeit einer Erholungsreise in die Schweiz, nach Oberitalien oder nach Paris verstehen, und in diesem Sinne muß er bei Frauen den Herrn Gemahl oder Vater über den Begriff einer Nachkur belehren.

Weitere diätetische Regeln mit nach Hause zu geben, ist ganz unpassend; entweder werden sie doch vergessen und nicht gehalten, oder, geschieht dies, wo bleiben dann die Rezidive und die Rückkehr?

Wenige Worte nur haben wir über die Winterkuren in Salzloch zu sagen. Und warum sollte Salzloch keine Winterkuren haben? So gut als es noch vor kurzem ärztliche Sitte und Brauch erforderten, die Kranken zur Nachkur in ein rauhes Nordseebad zu schicken, ebensogut kann man sie auch den Winter in einem binnenländischen Badeorte zubringen lassen, und wir halten die Winterkuren für eine sehr gute und profitable Erfindung. Salzloch aber kann so gut für ein Nizza Mitteldeutschlands gelten als andre Bäder, zumal wenn wir nicht vergessen, daß Nizza sich eines falschen Rufes erfreut und nur ein verkappter Grobian ist, wobei wir aber die Möglichkeit nicht verkennen, daß es jetzt französische Höflichkeit und imperialistische Wahrhaftigkeit lernt. Reine Luft wenigstens haben wir gewiß im Winter, und jeder kann sicher sein, daß er nicht sein ausgeatmetes Selbst zum zweiten Male einatmen muß. Gute Öfen, die in Aussicht stehen, werden viel von der Rauhigkeit des Klimas mildern, und die zwei Backöfen der Bäcker und eine Ziegelbrennerei tragen wohl auch hierzu das Ihrige bei. Mag auch unser Weinstock allwinterlich erfrieren, so hat das wenig zu sagen, denn wir haben gute und geräumige Keller. Überhaupt müssen wir erklären, daß wir das ewige, weibische Geschrei nach milder Luft für übertrieben und abgeschmackt halten; der Winter ist da, und der Mensch muß den Winter aushalten, sonst betrügt er gewissermaßen unsern Herrgott, der den Winter dafür geschaffen hat, daß wir frieren. Und ferner:

Nicht Muttersöhnchen in Flanell genäht,
Nicht Baumwollpüppchen, die der Wind umweht,
Bedarf das Vaterland, sobald das Horn
Des Wächters ruft zu Waffen und zum Zorn.

Und dazu soll auch Salzloch mitwirken getreulich!

Daß ein Badeort, wie der unsere, alle jene modernen Spezialbehandlungsanstalten nicht vermissen lassen darf, die jetzt zum Betrieb einer Gesundheitsfabrik gehören, versteht sich von selbst. Wer auf dem Schlachtfelde der Konkurrenz Lorbeern und anderes ernten will, muß in vorderster Linie und in vollem Waffenschmuck kämpfen. Von den animalischen tanninsauren Luftbädern, unserer großen Spezialität, haben wir bereits gesprochen. An Gelegenheiten für die übrigen Liebhabereien der Kranken und der Ärzte fehlt es uns, dem Himmel sei Dank! auch nicht. – Eigentliche Inhalationsbäder und Gasbäder haben wir zwar keine, aber zahlreiche Kuhställe ersetzen diesen Mangel; die Viehzucht riecht hier überall durch. Ebenso hat man noch keine Turnanstalt zum Betrieb schwedischer Heilgymnastik; doch empfehlen wir als Äquivalent den Verlangenden das Kegelspiel im Biergarten »Zum blauen Auge«, wo sich auch noch zu weiterer gymnastischer Ausbildung Gelegenheit dadurch bietet, daß die Spielpartien sonntags meist mit einer Prügelei enden. Wir empfehlen die Benutzung dieser Anstalt mit entschiedener Wirkung hypochondrischen Kranken. Eine weitere körperliche Kraftübung ist das Holzspalten, welches die Gastwirte bereitwillig und gegen eine mäßige Vergütung ihren Gästen überlassen.

Gelegenheit zur Traubenkur ist hinlänglich vorhanden, wenn man sich die Trauben aus Türkheim kommen läßt; außerdem wollen wir andeuten, daß wir im Begriff sind, einen Ersatz in der bequemeren Rosinenkur zu erfinden.

Magnetelektrizität kann bei uns immerhin angewendet, ja muß angewendet werden, da sie einmal Mode ist, und da der Arzt mehr wie jeder andre immer des Spruches gedenk sein muß: Est modus in rebus!

Für die Molkenkur mußte hinreichend gesorgt werden, denn welcher Kurort kann sie entbehren? Wo eine Ziege grast, ist sicher eine Molkenanstalt nebenan, und über Europa bricht eine Molkensündflut herein. Deshalb hält auch der alte Ortsschneider eine Geiß und ist auch ein wirklicher, natürlicher Appenzeller da, mit roter Weste und gelben Hosen, mit dem Wahrzeichen eines echten Senners, einer kleinen messingenen Käsekelle am rechten Ohr und mit einem hölzernen Pfeifenstummel im Munde, aus dem er den Leuten schlechten Tabaksqualm in das Gesicht pustet (scheint zur Kur zu gehören). An Eseln fehlt es uns nie, die aber keine Milch geben.

Eine Äpfelweinkur zu gebrauchen wird niemand verhindert sein, der diese saure Arbeit übernehmen will.

Fichtennadelbäder, diese modernste Terpentinölung oder Menschenfirnissung, sind im Dekokt und Destillat leicht zu beschaffen. Wir bedauern, wie gesagt, keinen salzarmen Mineralschlamm wie Kissingen oder Marienbad zu besitzen, haben uns aber durch das oben Angedeutete vollkommen getröstet.

Daß wir Quellsalzseife und Salzlocher Pastillen in einer der nächst gelegenen chemischen Fabriken anfertigen lassen, versteht sich von selbst.

Unser Mineralwasser teilt auch noch mit andern Schwestern, z. B. dem Wiesbadener, die Eigentümlichkeit, daß es durch Zusatz einer entsprechenden Menge von Bittersalz eine noch entschiedener eröffnende und abführende Wirkung bekommt.

Eine eigentliche Anstalt für Haut- und Flechtenkranke haben wir nicht; doch können wir diese Gelegenheit nicht vorüber lassen, ohne die auffällige Beobachtung mitzuteilen, daß wir bei Lähmungen und atonischen Zuständen der Haut heilenden Nutzen von dem Gebrauch eines hier populären, sehr verbreiteten Mittels gesehen haben. Wir meinen die durch Wanzen und Flöhe entstandene Hautreizung; mehrere Wirtshäuser eignen sich vor andern zu dieser Kur; doch müssen wir bekennen, daß wir die strikten Indikationen für diese Exzitantien noch nicht festzustellen vermochten. Jedenfalls aber haben wir die Überzeugung gewonnen, daß unsere Flöhe und Wanzen keine gemeinen Flöhe und Wanzen sind, sondern durch die Thermalgase und den salinischen Lebenswandel alterierte und potenzierte Wesen.

Mit dieser Darstellung glauben wir nun schon so viel geleistet zu haben, daß wir den Leser mit dem ungemeinen Reichtum Salzlochs an therapeutischen Agentien bekannt gemacht haben.

> Reiche Fülle seltner Pracht
> Liegt verlockend ausgebreitet,
> Ruft Euch hin mit Zaubermacht,
> Hemmt den Fuß, der heimwärts schreitet.

VI. Der Gebrauch des Bades im Allgemeinen

Vorkur und Vorstimmung. – Vorgymnastik. – Brunnenindulgenz. – Baderegeln; Altes und Neues. – Ernährungscodex. – Der Wein. – Pelle curas et sequere curam!

> Vom Himmel stieg ein Gott vergebens,
> Und brächt' in goldner Schale dar,
> Geschöpft am Born des ewgen Lebens,
> Den Trank der Weisheit, rein und klar,
> Er würde schal und schlecht erfunden
> Und matt, wie abgestandner Wein;
> Wir träufeln, wenn er uns soll munden,
> Erst Menschentorheit noch hinein.

Wohlbeleibte Bücher sind über Diätetik und zur Erhaltung der Gesundheit geschrieben worden, die nur wenige lesen, und die noch wenigere, Gott sei Dank, befolgen. In den Badeschriften ist diese Diätetik ein stehender Artikel. Wir wollen in diesen pedantischen Ton nicht einstimmen, und die Lebens- und Tafelfreuden, wie die Homöopathen und Schulmeister, in zwei große Klassen, in Erlaubtes und Nichterlaubtes teilen, ähnlich wie am jüngsten Tag die Seelen in Schafe und Böcke, da wir der Ansicht sind, daß viele Worte hier überflüssiger sind als irgendwo sonst und wie die des Predigers in der Wüste verhallen. Lehre mir einer Mäßigkeit vor einem Dindon aux truffes und Enthaltsamkeit vis à vis einer Gänseleber-Pastete! Die unfolgsamste Gemeinde für asketische Sittenlehren ist immer die, welche sich mit dem Champagnerglase versammelt. Zeigen wir unsre eigene Vernunft zuerst darin, daß wir von andern nichts Unvernünftiges, nichts Unmögliches verlangen!

> Wozu dir selbst die Kraft gebricht,
> Das fordere auch von andern nicht!

Wir glauben, daß es nicht überflüssig sein wird, einige wenige Worte über eine sogenannte Vorbereitungskur niederzuschreiben. Vor hundert Jahren war es für alle Badekuren und steht in allen alten Badeschriften die unumgängliche Vorschrift, »den Leib vorhin

mit bequemen Purgationen auszureinigen und wohl zu präparie-
ren«. Von einem solchen Exorzismus ist man nun allerdings zu-
rückgekommen, aber immerhin sollte ein denkender Mensch niemals eine wichtigere Lebenshandlung vornehmen, ohne sich in
reiflicher Überlegung dafür vorbereitet zu haben. Nach den verschiedenen Badeorten muß diese Vorbereitung eine verschiedene
sein. Es gibt Kurorte, wo Schmalhans Bade- und Küchenmeister ist,
und wo die Entbehrung unter die therapeutischen und virtuellen
Eigenschaften des Brunnens gerechnet wird; ein solcher freudenlee-
rer, magenverkleinerter Hungerleiderplatz ist Salzloch freilich
nicht. Wer nach jenen traurigen Entziehungsbädern reist, der mag
sich an der Grenze noch einmal recht bene tun und an guter Wirts-
tafel sich noch einmal recht satt essen. Es ist dies ja doch auf 4 bis
6 Wochen Dauer seine Henkersmahlzeit, und gibts auch eine kleine
Indigestion, in Himmels Namen! die große Koch- und Bittersalz-
sündflut spült auch diesen Fehl mit den andern älteren fort; derselbe mag als blinder Passagier nur getrost in das Bad mitfahren. Eine
solche Badereise ist wie eine Wallfahrt mit Sünden und Fleisches-
lust hinzu, aber mit Abstinenz und Pönitenz dort und heimwärts.
Davon verlangen wir nichts; wir führen unsern Kurgast horazisch
medias in res.

Bei uns existiert eine andre Badepropädeutik. Der Kranke sorge,
daß er Zerstreuungslust, gute Laune, Geduld und namentlich hinreichend Geld mitbringe, das übrige findet sich. Seine Garderobe
muß seinen Verhältnissen angemessen sein, und, wie schon früher
angeführt worden ist, dem raschen Stoffwechsel entsprechen. Die
Eigentümlichkeiten unserer Temperatur verlangen die Bereitschaft
von Winterkleidern selbst für die Monate der hohen Saison; daß
Damen die modernen Turnjacken und Kurkostüme, Ballkleider und
Tanzschuhe nicht vergessen sollten, bedarf keiner Mahnung. – Ferner mag auch der Kranke mit der Überzeugung hierher reisen, daß
er im nächsten Sommer wiederkommen müsse, um seine Kur zu
vollenden; dies wird ihn vor mancher Täuschung bewahren.

Ein scheinbar unbedeutendes, aber doch recht wichtiges Moment
der Vorbereitung liegt in dem schauderhaften Zustande der Land-
straßen um Salzloch. Auf ihnen kommt der Patient in dem alten
Omnibus gehörig zerschlagen und zerschüttelt an, mürbe wie ein
gut präpariertes Beefsteak oder einem gelockerten Boden vergleich-

bar, in dem der Samen gut gedeihen muß. Dieser Zustand der Kommunikationswege sollte eigentlich nicht geändert werden dürfen, wir sollten hier der andringenden Zivilisation einen Damm entgegensetzen. Auch dürfte im Interesse des Ortes selbst nicht außer Auge gelassen werden, daß unter solchen Umständen die Kurgäste viel länger bleiben, weil sie sich vor der Heimreise fürchten.

Kommt in dem alten Gefährt auf der holprigen Straße der Gast an,
   Scheint ihm die rettende Bucht mitten im Sturme erreicht;
Taumlig und müd, seekrank und zerbläut, sich selber bewußt kaum
   Grüßt er den ödesten Strand, danket dem Himmel und schläft.

Besondere und ausreichende Vorschriften über den innerlichen Gebrauch eines Brunnens in einer Badeschrift zu geben ist unrätlich, es befördert die medizinische Selbstpfuscherei; dafür ist der Badearzt da. Bei aller Krankenbehandlung ist die Individualisierung die Hauptsache, alle allgemeinen Vorschriften reichen nicht aus, man muß den Einzelfall in dem Individuum studieren und diesem Individuum sein Recht widerfahren lassen. Trinkt einer lieber, so lasse man ihn trinken; zieht er das Baden vor, so mag er baden; tut er lieber gar nichts, so lasse man ihn gar nichts tun. Indem man so dem Kranken seinen Willen läßt, kann man es doch immer so einrichten, als geschähe dies alles auf ärztliche Autorität hin, und beide Teile fahren gut dabei. Im allgemeinen gesagt kann die Quantität des täglich zu verbrauchenden Wassers von 1 bis 20 Bechern variieren. Es gibt unter den Patienten wahre Zisternen, die erstaunliche Mengen fassen. Immer aber ist es besser, die Kranken morgens nüchtern trinken zu lassen, da manche nachmittags nicht mehr nüchtern zu sein pflegen. – Das nochmalige Abendtrinken mehrt die Kurarbeit, und ist deshalb gelangweilten und langweiligen Badegästen dringend zu empfehlen. An manchen Brunnen ist das sogenannte Abtrinken Mode, daß heißt das Herabsteigen von der höchsten Gläserzahl allmählich zu der anfänglich geringern. Wir sehen nicht ab, wozu! Es ist nur nach Analogie des Abgewöhnens kleiner Kinder geschehen. Aber ist der Salzlocher Brunnen ein Milchbrunnen, und sind denn die Salzlocher Kurgäste Säuglinge?

Spezielle Anweisungen über die Art des Badens muß der Badearzt geben. Doch mag hier zur beruhigenden Versicherung gesagt sein, daß die Dauer des Bades sich nach den Umständen zu richten hat; hat z. B. der Kurgast etwas Besseres vor, etwa eine Landpartie, ein Rendez-vous, so kann er es abkürzen oder wohl ganz aussetzen. Schon frühere weit strengere ärztliche Generationen haben dem Willen und Widerwillen des Patienten einen weit freieren Einfluß gegönnt, so sagte z. B. die Offenauer Badeordnung vom Ende des 16. Jahrhunderts: »Man solle so lange baden, biß ihn das Bad anstincket, daß er es nicht wol mehr leyden kann.«

Jedenfalls haben wir und unsere Pastoren es weit bequemer als die alten ägyptischen Priester, die täglich 4–5 Bäder nehmen mußten. Eine Warnung, wie sie der Med. Dr. Jägerschmid in seiner »Mineralischen Wasser-Nymphe« (1711, p. 118) gibt, ist heutzutage kaum nötig: »Wiederum werden einige gefunden, welche, damit sie bald fertig mit der Badekur werden, wie die Gänse und Enten den ganzen Tag in dem Wasser liegen, und nicht anders, als wenn sie, wie s. v. Schweine müßten gebrüht werden.« – Alte Wahrheiten bleiben eben immer neu, und so wiederholen wir auch aus einer andern alten Badeschrift (Kurze und einfältige Beschreibung des Burkbernheimber Wildbads durch Tobiam Knoblochium. 1620, p. 35) das goldne Wort: »Man soll in dem Bade nicht schlafen.« Hiernach richten sich einsichtsvolle Kurgäste und verjubeln lieber ganze Nächte. Alte vernünftige Badeordnungen befehlen ausdrücklich: Man soll in dem Bad nicht essen, nicht trinken, nicht schlafen, nicht schreien, nicht singen und noch andre Dinge nicht tun. So streng aber wie es die Badeordnung vorschreibt, welche Herzog Friedrich für das Bollerbad erließ, für dasselbe Schwefelbad Boll, welches immer in besonderem Geruch der Gottseligkeit stand, und wo auch jetzt wieder Pfarrer Blumhardt die Teufel aus den Leibern kranker Weiber hinausbetet, so streng wird es heutzutage nirgends mehr gehalten; dort aber heißt es im § 4: »Welcher den Namen Gottes leichtfertiger Weise mißbrauchen und lästern, auch ohne Ursache den Teuffel nennen wird, der soll jedesmal, so offt es geschieht, einen Batzen zur Straff in die hierunten verordnete sondere Büchsen zu legen, alsobald verbunden seyn.«

Daselbst wird noch mancherlei verboten, als Spielen, Tanzen, Schmausen und Zechen und leichtsinniges Gespräch; dagegen sollen sie im Bad und bei Spaziergängen fromme Lobgesänge anstimmen. Wer aber vor großen Schmerzen nicht singen könne, solle wenigstens inwendig singen. – Das Schröpfen im Bade besorgen hier wie anderwärts meist schon die Wirte selbst. Dampfbäder werden am bequemsten im Billardsaal des Konversationshauses oder in der Bierstube des »Goldenen Engels« genommen.

Vorschriften für die Mittagsdiät sind in Badeorten in der Regel ganz überflüssig. In einzelnen Gasthöfen ist die Kost so regelmäßig schlecht, daß jede Schüssel Enthaltsamkeit predigt, und daß die Wirte wahre Patres Mathews und temperance-society-Ehrenmitglieder sind; in andern dagegen ist die Kost so lecker, daß alle Vorschriften nichts nützen. Ein großjähriger Deutscher, der sich nicht beherrschen kann, lernt es wahrhaftig auch aus einem Buche nicht, selbst aus diesem, dem unsrigem, nicht. Spezielle Vorschriften sind, wie bemerkt, überflüssig, so z. B. ist es unnötig, den Genuß von Gefrornem bei dem Gebrauch des Salzlocher Brunnens zu verbieten, da es hier gar keines gibt. Und dann bedenke man den alten Spruch: Intemperantia medicorum nutrix; ein französischer Arzt ließ an sein prächtiges Landhaus die offenherzige Inschrift schreiben:

Les concombres et les melons
M'ont fait bâtir cette maison!

In Kürze nur das Folgende! Bei dem Essen kommt sehr viel auf gehöriges Kauen an, und ein hiesiger Badegast, wie jeder nicht hiesige Mensch soll sich daran erinnern, daß alte Pferde mit abgenutzten Zähnen, mit denen sie nicht mehr kauen können, an ungenügender Ernährung zugrunde gehen, wenn ihnen ihre Speise nicht zuvor gehörig verkleinert wird. Solange der Mensch noch keinen Vogelmagen hat, muß er sein Essen kauen. Solche Fälle sind uns zwar hier noch nicht vorgekommen, aber nichtsdestoweniger ziehen wir für unsere Gäste im allgemeinen das zähe Fleisch dem zarten vor, weil die Patienten durch jenes entschiedener an diese ihre wichtige digestive Pflicht gemahnt werden.

Laß dir die Steine gründlich gut behauen,
Willst du damit ein festes Haus erbauen;
Und deine Sorgen sollst du sorglich kauen,
Willst du zum Frommen dir die Kost verdauen.

Zur Unzeit sparen, heißt sein Geld verschwenden;
Bedachter Anfang bürgt für gut vollenden.

Kirschkerne soll ein Badegast in Salzloch nicht verschlucken, selbst
unser Wasser löst sie nicht auf; bei den Fischen soll er acht haben,
daß ihm die Gräten nicht im Halse stecken bleiben. Im allgemeinen
gilt auch für die Diät der oberste Grundsatz, sie muß individuell
sein, d. h. sie richte sich nach Hunger und Durst und nach den
Liebhabereien des Kranken.

Hier aber begegnen wir wiederum dem Streben verkehrter mo-
derner Kultur, die alles in gleichmachender Bildung uniformieren
und drillen und jede Individualität verwischen möchte, als ob es
eine Menschheit ohne Menschen gäbe. Geht heim mit euren diäteti-
schen Formeln! Was dem einen gut ist, wiederstrebt dem andern.
Der Handlanger wird krank, wenn er den Tag über sitzen soll, und
der Herr Professor würde halbtot heimgebracht, wenn er
12 Stunden lang Chausseesteine geklopft hätte; der Spanier würde
zerplatzen, wenn er so viel Bier trinken müßte wie der Altbaier, und
der Straubinger geht zugrunde mit der Diät des Spaniers. So ist im
Gesunden wie im Kranken alles Individualität, und was jedem bekommt, weiß jeder am besten. – Und dann muß der Magen sich an
etwas gewöhnen, er muß etwas lernen. Badeorte sind Turnanstalten
für schwache Magen, welchen Zustand die Ärzte der alten Zeit sehr
treffend als »Magenblödigkeit« bezeichneten. Nun diese kann der
Junker Ventriculus hier verlieren!

Was das Trinken angeht, so zitieren wir die Worte des alten ärztlichen Brunnenschriftstellers Lölius: »Meines Orts glaube ich festig-
lich, daß das Getränk zu deß Leibes Erhaltung eine natürliche und
nothwendige Sach sey. Dieser meiner Meinung zufolge lobe ich vor
allen bei unserein Bronnen zu trinken einen guten, geschlachten,
hellen, lieblichen und weisen Catholischen Wein, der sich auf seine
gute Werck verlassen mag.

Denn saur Wasser und saurer Wein,
Die dörffen nit beisammen sein!«

Bedürfte es weiterer Empfehlungen des Weins von badeärztlicher
Seite, so könnten wir noch viele Aussprüche anführen, wie den des

Dr. Moeren: »Den Wein mit verstandt trinken, ist das höchste mittel zu einem erfrewlichen Alterthumb.« Guten feinen Wein aber kann man schon deshalb jedem Kranken gerne zu passender Gelegenheit erlauben, weil der Doktor mittrinken und dadurch dem Zuviel vorbeugen kann, nach der vielgebrauchten Wahrheit: Praesente medico nihil nocet.

Die allgemeinen Lebensregeln ergeben sich ebenfalls aus dem, was ein Kurort bietet. Sorgen sollen dem Gaste fern bleiben, er sei ein fröhlicher Müßiggänger. Er soll nicht grob sein, keinen Randal machen, vorsichtig in Anknüpfung weiblicher Bekanntschaften sein, was namentlich in Hinsicht der französischen Spielnymphen und der Loreleys des grünen Tisches zu empfehlen ist. Sonst aber vertreibe er sich die Zeit mit Kurzweil, denn wie Fricker (Wildbad, p. 301) nach alten Autoritäten anführt: »Kurzweil und Spiel eröffnet die inneren meatus und Gänge, machet die humores dünnflüssig und eröffnet die Schweißlöchlein.« – Überhaupt ist eine heitere, unbesorgte, ja wir sagen leichtsinnige Stimmung in Bädern das Wichtigste.

Schon der weise Salomon sagt im 17. Kapitel seiner Sprüche: »Ein fröhlich Herz machet das Leben lustig, aber ein betrübter Mut vertrocknet das Gebeine!« Und der lebenskluge Sirach bestätigt dies im 30. Kapitel mit den Worten: »Denn Traurigkeit tötet viel Leute und dienet doch nirgend zu.« Könnte man diese frohe Seelenstimmung zu Hause gewinnen, so wäre das Wasser und das Baden schon zu entbehren. Der Gedanke: »Nützt es nichts, so schadet es doch auch nicht!« ist der schöne Trost unserer Quelle, der mit großen Buchstaben dort eingegraben werden sollte, nebst dem Spruche:

Non curatur qui curat!

Wir aber rufen unsern Gästen zu:

> Willst du genesen sein,
> Schau in die Flur!
> Schmerz soll gewesen sein,
> Wolle es nur!
> Herzeleid, Traurigkeit
> Nirgendwo, weit und breit!
> Fröhlicher Einklang die ganze Natur!

Wirf nur die Sorgen hin!
Hebe das Haupt!
Sieh, wie die Erde grün
Neu sich belaubt!
Jauchzender Lustgesang!
Echoruf talentlang!
So nur hat Gott dir das Leben erlaubt.

VII. Die Anwendung des Bades in einzelnen Krankheiten, nebst Krankengeschichten

Praktische Winke. – Hydromanie. – Gegenanzeigen. – Thermalpoetik. – Humoraltherapie. – Klinische Euphemistik. – Die Kapelle des Sankt Blasius. – Abdominalleiden. – Hämorrhoiden und Gicht. – Weltgicht. – Rheumatismus. – Skropheln. – Ideale Perspektive für die Menschheit. – Exantheme. – E pur si muove! – Vis obstetrix. – Brustleiden. – Nervenleiden. – Hysterie. – Privatissima. – Neuralgien. – Lähmung. – Augenleiden. – Knalleffekte. – Tierstudien. – Schluß-tableau.

Um dessen Kopf ist's sicher schlecht bestellt,
Der nicht beweisen kann vor aller Welt,
Daß schwarz der Schnee und weiß der Rabe ist,
Und salzig Wasser süße Labe ist.

Wir können hier nur eine Skizze geben, wenn wir anders nicht ein pathologisch-therapeutisches Handbuch hätten schreiben wollen. Einiges aber müssen wir zuvor bemerken. Zum ersten muß ein guter Badedoktor immer noch ein paar Wundergeschichten unglaublicher und foudroyanter Art in petto haben, die er aber nicht drucken lassen darf, sondern die er als Geheimschatz und Notpfennig für sich behalten muß, um gelegentlich die Zuhörer, namentlich Laien, damit vollends zu verblüffen und ihnen den Rest zu geben. So behalten auch wir klüglich unsere schönsten Sachen für uns. Zum andern darf ein guter Brunnenarzt von dem Kurort nie einen Kranken wegweisen, über dessen Krankheit er noch keine Erfahrung hat. Einer muß ja doch einmal der erste sein, und der Doktor wird, durchdrungen von dem Gefühle der Unsicherheit aller Theorie, dem Wahlspruch aller praktischen Weisheit huldigen: fiat experimentum! Er kann fest daraufbauen, ein unglücklicher Ausgang schadet weit weniger als ein unerwartet günstiger nützt; der Tote schweigt und der kränker Gewordene hütet das Zimmer, aber der Genesene wandelt umher und predigt allen und überall von dem geschehenen Wunder. Auch reist der Verschlimmerte heimwärts, und der Hausarzt hat die mühevolle Reparatur nebst der Verantwortung, ein schädliches Bad angeraten zu haben.

> Um zu erfahren, muß man erst probieren,
> Und wer nichts wagt, wird immer nur verlieren.

Allerdings gibt es einige Krankheiten, wo wir den Gebrauch der Quelle und der Bäder unbedingt nicht gestatten; dahin gehören z. B. die schweren Fälle von Wassersucht. Die Wassersucht ist eigentlich die aufs Individuum lokalisierte allgemeine Menschheitskrankheit. Man sehe das tolle Treiben der Leute in Kaltwasseranstalten, in Bädern und Badanstalten, die Schwimmer und Wassertrinker, wo jeder sein Heil im – Wasser sucht; nun, sie haben gefunden, was sie suchten. Wir aber sind keine Homöopathen, hier nützt unsere Quelle nichts.

> Überhaupt ihr wißt,
> Daß für den Tod kein Kraut gewachsen ist,
> Und was dem Kraut nicht könnt' gelingen,
> Wird auch kein Wasser fertigbringen.

Eine weitere Kontraindikation unseres Bades trifft einfach solche Individuen, welche Wassertrinken und Baden überhaupt nicht vertragen, diese werden auch unser Bad nicht vertragen und tun wohl, wenn sie bald wieder heimkehren. Noch klüger aber ist es, wenn man ihnen ausschließlich die heilsame Luft-Kur empfiehlt. Unbedingt heimzusenden als gar nicht für den Kurort geeignet und als der Kraft der Quelle nicht gewachsen dagegen sind diejenigen, die kein Geld haben.

Man hat es den schriftstellernden Badeärzten zum bittern Vorwurfe gemacht, daß sie oft ihre Krankengeschichten etwas ausschmücken. Mit welchem Rechte sehen wir nicht ein; niemandem geschieht damit ein Schaden, und eine Kontrolle ist unmöglich. Soll denn durchaus alle Poesie aus dem Leben hinausgemaßregelt werden, und zumal aus dem Leben der von Leiden Gebeugten? Solches wird aber nur gelingen, wenn man den blauen Himmel verdeckt und die Sonne auslöscht.

Laßt ein riesig Strohdach flechten,
Zwischen Erd und Himmel schieben,
So könnt ihr die Dichtung ächten;
Anders wird sie nie vertrieben!

Was wir aber von dem Badearzte vor allem verlangen, das ist eine tüchtige, mit allen Errungenschaften der Neuzeit ausgerüstete wissenschaftliche Bildung. Darin stimmen wir mit Herrn Hofrat Dr. Spengler überein, der diese Forderung auf 19 Seiten 4mal wiederholt: »Man muß anatomische Diagnosen stellen!« Und von diesem Standpunkte aus sehen wir die erste und allgemeinste Indikation für die Bäder in der Unreinlichkeit.

Vor allem preisen wir glücklich denjenigen, der an Unterleibsvollblütigkeit und Abdominalstockungen leidet und seine Schritte nach Salzloch lenkt. Heil ihm! Ihm wird geholfen werden! Bekannte Sache ist es, daß ein einfach unschuldiges Abführmittel oft schon den hypochondrischen Unterleibsteufel austreiben kann, um so mehr wird auch unsere salzige Najade mit diesem Unholde fertig werden, und Salzloch ist ebenso berechtigt als Karlsbad, sich »die Quelle des guten Humors« zu nennen, und hier kann wirkliche und erquickliche Humoralpathologie getrieben werden. Wie viele traurige Betrachtungen, Todesahnungen, Schreckensgedanken und Hoffnungslosigkeit sitzen in der finsteren Höhle des Colon transversum und descendens, unsre Quelle wird sie, diese Nachtgespenster via recta et recti hinausexorzieren.

Auch wir, wir treiben noch den Teufel aus,
Und rücken den Dämonen auf den Hals;
Doch Spruch und Höllenzwang laßt nur zu Haus!
Für uns genügt ein bißchen Glaubersalz.

Ein Hypochondrist kann nichts Tröstlicheres sehen als die Resultate eines salinischen Wassers. Warum ihm diesen Trost versagen? Er sehe und glaube! Und dann bitten wir noch zu berücksichtigen, daß nicht wenige Kranke die Krankheit abschütteln, um nur das Bad los zu werden; durch diese Art der Wirkung fanden wir bei unserer Quelle ein Analogon mit der Ipecacuanha und dem Tartarus emeticus in refracta dosi oder mit der Ekelkur.

An dieser Stelle erlauben wir uns, eine praktische Ermahnung einzuflechten. Der Badearzt befleißige sich einer zweckmäßigen Nomenklatur! Ein guter Namen gibt oft der Sache erst den rechten Wert. Den Patienten wird ein süß-schauerliches Gefühl durchwehen, wenn er hört, daß er an der Atra bilis leidet, wenn man von den in ihm verhaltenen Fäkal- und Sterkoralmassen spricht. Sagt man ihm, er leide an Saburra, so klingt ihm dies wie ein kriegerisches Hurra! Die Sordes primarum viarum, wo die Krankheiten als Kotsassen auf den öffentlichen Wegen und Hauptstraßen des Leibes umherwandeln, sind auch nicht zu verachten. Als stolzestes und zugleich dezentes Wort empfehlen wir unseren Kollegen die Bezeichnung: Infarkte. Jetzt, wo alles nach Bildung und Überbildung strebt, jagt und lechzt, gibt es kaum eine sublimere Anrede als die: »Meine Dame, Sie leiden an Infarkten-Bildung!« Die ganze Menschheit, geistig übermästet und vollgestopft mit Unnötigem und Unverdaulichem, leidet ja recht eigentlich an Infarktenbildung. Die Rede will also eigentlich nichts sagen als: »Meine Schönste, Sie sind ein echtes Kind ihrer Zeit.« So wie Art und Gang und Wesen des Arztes immer gemessen und imponierend sein muß, so soll auch seine Rede und Ausdrucksweise etwas Breitbasig-Monumentales haben.

Nicht weniger hilfreich wird sich unsere Quelle bei Flatulenz oder der Windsucht erweisen, doch würden wir auch hier als Onoma poeticon die donnerpolternde Bezeichnung Borborygmen vorziehen. Der Wind spielt in dem Individuum wie in der heutigen Gesellschaft eine gleich bedeutsame Rolle. Es ist bekannt, daß der Darm im Leibe einen ebenso großen Raum einnimmt, ob er Nahrungsstoff enthält oder nicht, indem im letzten Falle ihn die Luft zu gleichem Volumen ausdehnt. So ist der Darm der Urtypus des Salonmenschen, der als Windbeutel sogar weit mehr Raum beansprucht als der einfach gehaltreiche. Und dieser Wind erhält Darm und Individuum in seiner Lage und Position. – Ist nun bei uns die Zahl jener Kranken größer als gewöhnlich, so empfehlen wir ihnen eine Seitenpromenade, die sogenannte Seufzerallee nach der Kapelle des Sankt Blasius hin, der ohnedem der Schutzpatron der Heilquellen ist und einst vor seiner Einsiedelei die Tiere des Waldes kuriert haben soll; dort können sie sich so laut unterhalten, als ihnen beliebt.

> Es gibt gar manch Gebreste,
> Und manche Art von Jammer,
> Da bleibt der Mensch am besten
> Allein in seiner Kammer.

Für die geistige Blähsucht aber ist kein Kraut gewachsen und fließt kein Brunnen.

Alte Stubenhocker, denen die Lust am Essen längst vergangen war, bekommen hier oft einen wahren Mordhunger und werden der Schreck der Gastwirte, gefürchtet wie die asiatische Heuschrecke; dazu kommt es aber namentlich, wenn sie täglich ein paar Stunden im Felde umhergelaufen sind. Oft entwickelt sich mit der Abdominalplethora große Fettleibigkeit und Wanstigkeit; wenn hier die Quelle in geeigneter Weise mit passender Nebenbehandlung gebraucht wird, tut sie Wunder. Ich führe kurz den folgenden Fall an.

Ein bestgenährter Handelsherr aus F., der so wohlbeleibt war, daß er sich wohl zweimal hätte in seinem Speck herumdrehen können, ohne daß man außen an seinem Körper das Geringste bemerkt haben würde, und in dessen Adern sicherlich teerdickes Blut langsam dahinschlich, hatte schon alle Schätze der Apotheke gekostet, ohne mager werden zu können. Psychische Eindrücke gingen spurlos an ihm vorüber; weder der Tod seiner Frau, noch die Liederlichkeit eines ungeratenen Sohnes, noch das Durchgehen der Tochter mit seinem Kutscher, nichts konnte dem langsam voranschreitenden Reproduktionsprozeß ein imperatives »Halt!« zurufen. Er kam nach Salzloch, trank den Brunnen, schnell wurde er hier mager und lebendig und sensibel, zumal als die Nachricht eintraf, daß er den größten Teil seines Vermögens in der amerikanischen Handelskrise verloren habe.

So wie in der sichtbaren Natur alles sich zu einem Ganzen verbindet, und wie die Gesetze der harmonischen Übergänge, analog denen der Musik, überall sich auch in andern Gebieten der Schöpfung finden, wie das helle Grün der Wiesen zum Dunkel des Tannenwaldes in unendlich reizenden Schattierungen hinüberschaut, wie der klare Azur des Himmels durch leichte Wolkenzüge und durch das Nebelblau der Berge an die bunte Farbenpracht der Ebene sich anschließt, so treten zwischen die geschilderten Abdominalstörungen und zwischen das weite Reich der Gicht die Hämorrhoidalleiden. Sie bilden gewissermaßen die Brücke, wodurch Innerliches zu Äußerlichem wird, und sind ein Symptom pathologischer Zentrifugalkraft. Hämorrhoiden und Gicht sind die geschwisterlichen Quälgeister des Menschen; doch wäre zu wünschen, daß die Ärzte im Interesse der poetisch-pathologischen Mystik sich jener Benennung ganz enthielten, und statt von Hämorrhoidalanlagen zu reden, dem Kranken den tröstlichen Begriff beibrächten, er litte an Überkohlung des Blutes. Wenn die zentrifugale symptomatische Lokalisierung der Krankheit noch nicht den normalen Siedelplatz gefunden hat, so haben wir das Bild wandernder Hämorrhoiden vor uns, lebhaft uns erinnernd an Auswanderer, die des Weges unkundig nicht wissen, wo sich niederlassen. Hiermit läßt sich viel erklären: Blutspeien, Kopfweh, Schlagfluß, Asthma und Gott weiß was sonst noch; der intelligente Arzt aber weiß diese Spukgeister in allen Ecken des baufälligen Hauses zu entdecken. In der Hämorrhoidalkrankheit hat man der Gebrechlichkeit der menschlichen Natur eine poetische Seite abzugewinnen gewußt, vielgestaltig und formenwechselnd. Dieses Kohlenmagazin zu reinigen, diesen Spuk zu vertreiben, diese Auswanderer auf den rechten Weg zu führen, dazu hat unsere Quelle nun Kraft und Geschick. Sie wird die versteckten Landstreicher aufstöbern und aufjagen, wie den Fuchs im Bau; es ist dies schon leicht a priori zu behaupten und noch leichter a posteriori zu beweisen. – Und warum sollten unsre Quellen dies nicht bewirken können, da man doch auch von Karlsbad behauptet, daß seine Wirkung »in einer Entfettung und gewissermaßen in einer Entsäuerung der gesamten Säftemasse, in einer Abschäumung (?) der Säfte, in einer Art lebendiger Gärung (!)« bestehe. Wir haben auch Bittersalz und Kochsalz und kohlensaures Natron; wenn diese in Böhmen so etwas können, so werden sie es im Schnackenbergischen auch fertigbringen.

Nunmehr nahen wir dem Sphinxrätsel des menschlichen Leibes, der Gicht, und ihrem Verhältnis zu ihrem Ödipus, dem heroischen Rätsellöser, dem Brunnen von Salzloch. In der Welt gilt im allgemeinsten Sinne der Satz: Verdauung ist alles; gestörte Verdauung ist gestörtes Sein, halber Tod. Hier liegt vitae genesis et exodus, die ersten Bücher der Gesundheitsoffenbarung. Unverdaulichkeit aber ist das Stigma und Kainszeichen der Gegenwart. In sozialen Übeln reduziert sich alles auf unverdaute, voreilig verschluckte Begriffe, in politischen auf unverdaute regurgitierende Wünsche, in der Kunst auf den Druck unverdauter Bestrebungen und in der Poesie auf die Beschwerden unverdauter Ideale. Die Unverdaulichkeit ist die Entwicklungskrankheit unserer Zeit, und in diesem Sinne ist die Gicht, als ihre erstgeborne Lieblingstochter, eine der vielen Zivilisationskrankheiten, und es gibt eine Weltgicht. Die Gicht ist die Schlange im Paradiese der Gegenwart. Vertreibt diese Schlange, und ihr zieht wieder ein in ein Leben der Genügsamkeit, der Gesundheit, der Natürlichkeit und der Täuschungslosigkeit!

Gicht im Individuum ist allgemeine Versäuerung des Organismus. Der Gichtherd aber ist der Magen, eigentlich nur der Wärmherd, denn der eigentliche bleibt doch der Küchenherd, der euch eine zu proteinreiche Kost, als maskierte in mannigfacher Verkleidung auftretende After-Ei-Weisheit liefert. Gegen diese Versäuerung wirkt unsere Quelle mit ihren kohlensauren Alkalien wunderbar, und die abführende Kraft derselben treibt dann den unlöslich gewordenen neutralisierten Feind ins Weite. Eine eigentliche physiologische Erklärung der Gicht wird man von uns nicht erwarten; je unbestimmter solche Formeln abgefaßt sind, um so besser, und so lächelt uns denn zumeist das Wort Wendts an, der die Gicht als Krankheit des deleterisch gestörten Lebens der Ernährung auffaßt. Unter solch einer Erklärung ist Platz wie unter einem großen Familienregenschirm, ja wir gehen noch weiter und schlagen die folgende vor:

Was man nicht definieren kann,
Das sieht man als arthritisch an.

Hier berühren wir denn auch das weite Gebiet der gichtischen Nervenkrankheiten und der gichtischen Dyskrasien: den gichtischen Star, Schwindel, Ohnmächten, Schwermut, Wahnsinn und alle die andern Unholde, die auf sogenanntem gichtischen Boden wandeln sollen. Dieser larvierten Gicht aber reißt unsere Quelle die perfide Maske vom Gesicht und löst zugleich den Gichtknollen mit mildester Hand wie die gewandte femme de chambre das verwirrte Schnürband der Gebieterin.

Ein Mann in den mittleren Jahren von arthritischer Diathese und sehr den Freuden einer lukullischen Küche zugetan, litt oft nach reichlicher Mahlzeit an Verdauungsstörungen und Leibschneiden, was seine Hausärzte für eine Gichtkolik zu halten sich berechtigt glaubten. Er wurde nun zwar hier nicht geheilt, doch trat durch den Aufenthalt im hiesigen Bade eine gewisse Regelmäßigkeit in diese Zufälle, die den Kranken beruhigten, indem sie ihn daran gewöhnten. – Imponieren wird es den Kranken jedenfalls, wenn die Krankheit als »vielköpfige Hyder« beschrieben oder als Vererdungskrankheit aufgefaßt wird, und wenn von den lithischen Tendenzen der Gicht die Rede ist. Daß man unsere Salzlocher Quelle die Kraft, Blasen- und Nierensteine aufzulösen und auszutreiben, zuschreiben kann, versteht sich von selbst und geschieht hiermit förmlich. Als Beleg hierfür könnten wir anführen, daß wir öfters die härtesten Edelsteine und Schmucksachen in Salzloch sich haben auflösen und spurlos verschwinden sehen.

Doch möchten wir unsere Kollegen an Gichtbädern immerhin ermahnen, auch hier im Interesse ihres Kurortes nicht ohne alle Vorsicht zu verfahren, und gerade die Gicht gibt Gelegenheit, den Ruf eines Bades rasch emporzubringen, wenn man die Klugheit hat, solche Kranke bald nach Ablauf eines akuten Anfalls, wo sie sich meist besser und frischer befinden, geschwind und ohne Vorzug als radikal geheilt nach Hause zu schicken, und allerorten »Victoria!« zu rufen. Fälle von Harnruhr passen so gut in unser Bad, wie in irgendein anderes.

Gegen den schwächlicheren Stiefbruder der Arthritis, gegen den Rheumatismus, ist unser Bad erprobt, und unsere Erfahrung ist hier eine um so mehr sichere, als die Nord- und Nordostwinde denselben so sehr oft bei uns hervorrufen. Unsere Quelle aber wäscht die Kanäle des Leibes aus und durchsucht die kranken Teile, bis sie die materia peccans findet und faßt, ähnlich wie die Polizeimannschaft in einer Diebsspelunke.

Skropheln und Kochsalz mit Jod verhalten sich zueinander wie Hunger und Brot. Auch unser Bad bewirkt die zauberähnlichsten Metamorphosen; alljährlich sehen wir Kinder mit dicken Oberlippen, geschwollenen Nasen, Drüsengeschwülsten und aufgetriebenen Unterleibern mühsam in Salzloch umhergeführt werden, die nach einigen Wochen als elegante zierliche Spring-im-Grase sich umhertummeln, ihre Mütter mit Stolz und andre mit Neid erfüllen. Träge schwerfällige Intelligenzen werden zu neckischen enfants terribles des Charivaris. Man möchte an Zauberei glauben und ausrufen:

> Es wandeln Nesseln auf der Stelle
> In Rosen sich, benetzt mit dieser Quelle!

Die Skrophulose ist ebenso die Tochter der Armut und der rohen Ungesundheit als die des Reichtums und der Überfeinerung. Merkwürdig scheint uns die Beobachtung, daß unsere Quelle nur diese zweite Art der Krankheit heilt, die erstere dagegen öfters sogar verschlimmert. Daher wir besonders das nach Professor Leo sogenannte skrophulose Gesindel des Besitzes hier willkommen heißen, Armen und Unbemittelten dagegen unser Bad widerraten müssen. Wollten wir einzelne Fälle der Art anführen, so könnten wir deren eine Menge erzählen, wie es Dr. Welcker in seiner »Gründlichen Beschreibung des Schlangen-Bads«. 1721, z. B. p. 44 tut; »Mense Iulio ejusdem anni brauchte ein vornehmer Kurfürst dieses Bad, mit Wießbader Wasser vermischt, mit großem Nutzen; woraus zu ersehen, daß bei vornehmen Subjectis dieses Bad viel schöne Kuren verrichtet.« Wir empfehlen den Gebrauch vorzugsweise den Kindern, die auf dem sogenannten »erethischen Scrophelboden« gewachsen sind. Ja, es dürfte unsere Quelle noch eine glänzende Zukunft bevorstehen, wenn weitere Erfahrungen uns in den Stand gesetzt haben, bestimmtere Indikationen aufzustellen. Sie wird ein Mittel werden, die menschliche Rasse überhaupt zu verbessern, eine Aufgabe, die unserer Ansicht nach ebenso ernstlich in Angriff genommen werden sollte als die Rassenverbesserung bei den übrigen Säugetieren.

Die verschiedenartigsten Hautausschläge, mögen sie nun skrophulosem Boden eingepflanzt sein oder nicht, finden in Salzloch ihren Herrn und Meister. Überhaupt hat unsere Quelle eine entschieden kosmetische Bedeutung und ist zugleich ein Toilettenbad. Sie heilt die Krankheiten der Haut, wenn sie idiopathischlokale sind, oder auch wenn sie gleichsam als Abgesandte des inneren Leibes und seiner Säfteverderbnis nach außen auftreten und dann eine Art Exportartikel oder einer Cayennischen Verbrecherkolonie zu vergleichen sind. Immerhin ist es erfreulich, daß sich bei den Exanthemen, diesen Hautschlingblüten, wenigstens eine poetische Nomenklatur, die der Gebildete bei allem Unschönen zu erstreben suchen sollte, eingebürgert hat. Wer denkt bei den Flechten nicht an den mauerumspinnenden Efeu oder an zartgegliederte Moose? Ist es nicht ein schönes poetisches Los, die Gesichtsrose zu haben, was selbst Gesichtern begegnen kann, die sonst nie etwas Rosiges an sich gehabt haben? Ist die Sykosis nicht ein appetitliches Wort?

Auch unterdrückte Ausschläge, diese versteckte Poesie und Floreszenz des Leibes, treibt unsere Quelle zur Erscheinung, zur Blüte und Heilung. Es ist recht schade, daß man in neuester Zeit den weithalligen Tempel der Krätzmetastase zerstört und dafür den lausigen Acarus wie einen Lappländer in Höhlengängen ansiedelte. Es ist immer eine traurige Erfahrung, wenn ein Stück Poesie nach dem andern von der Wissenschaft abgerissen wird, so daß zuletzt nichts mehr stehen bleiben soll, als die sogenannte nackte, unverschämte Wahrheit. Ja, wenn sie noch schön wäre, aber die Wahrheit ist alt und verbraucht. Wir aber halten vertrauensvoll fest am Alten, Erprobten; wenn auch die Krätzmetastase unmöglich ist, so kommt sie doch vor, und wir stampfen mit den Füßen wie Galilei, und rufen von der Krätze aus: »E pur si muove!«

Auf welche rasche und zuweilen stürmische Weise allerlei Arten von Ausschlägen in Salzloch hervorbrechen können, hatten wir erst in vergangener Saison zu erfahren Gelegenheit. Ein junger Mensch, der ganz kürzlich erst seine Eltern verloren hatte, von denen er sehr karg und streng gehalten worden war, schlug schon, nachdem er das Bad nur etwa 8 Tage gebraucht hatte, dermaßen aus, daß er in drei Wochen sein ganzes Vermögen verspielt hatte. Er konnte nun ruhig nach Hause gehn und arbeiten. In andern leichteren Fällen der Art wirkte Salzloch noch schneller.

Keine andre Quelle besitzt die Kraft, fremde Körper aus dem Organismus herauszulocken oder zu treiben in dem Grade wie die unsre. Wir erinnern uns mehrer eklatanter Beispiele. Ein Badegast hatte nur ein einziges, freilich etwas langdauerndes Bad genommen, als man sogleich entdeckte, daß er gestohlenes fremdes Gut, Silber und Wertpapiere, bei sich habe. Der Fall endete glücklich; er wurde verhaftet. Auf der Insel Sardinien soll sich, wie die Alten erzählten, ein Brunnen befinden, der Diebe, die sich darin waschen, augenblicklich blind, ehrliche Leute dagegen noch hellsehender macht. Gott sei Dank! so stark ist die Wirkung unserer Quelle denn doch nicht! Eine an Amenorrhöe leidende Stiftsdame aus Havanna kam glücklich nach dreimonatlichem Aufenthalt dahier mit einem kleinen, kräftigen Mulatten nieder. Solches alles und ähnliches bewirkt die Heilkraft und die vis obstetrix unserer Najade fremden Körpern gegenüber.

Über Tuberkulose und verdächtige Lungenleiden muß man sich bei Beurteilung eines Bades mit äußerster Vorsicht aussprechen. Bei uns wie überall gilt die Mahnung, daß nur Kranke in den allerersten Anfangsstadien, wo die Diagnose noch ganz unsicher ist, vielleicht hier Heilung finden können; aber auch in diesen Fällen ruht die beste Prognose in der Unrichtigkeit der Diagnose. Ja, der Kranke kann mit voller Beruhigung die Thermalgase als eine Art Reagens auf Tuberkeln betrachten; stirbt er bei ihrer Anwendung, so war er tuberkulös; wird er geheilt, so war er es nicht. Da wir aber nicht von dem törichten Gedanken befangen sind, als ob in Bädern alles geheilt werden müsse, so sehen wir nicht ein, warum man nicht auch Kranke in vorgerückteren Stadien hierher senden sollte, so gut wie in andre Kurorte. Gehen sie auch ohne Genesung wieder fort, so kamen sie doch in geträumter Hoffnung her, und Hoffnungen sind ja so oft trügerisch im Leben!

> Laß alles dir rauben, die Hoffnung behalte!
> Und ist sie auch täuschend, doch bist du beglückt.
> Es trägt sich das Schlimmste, solang nicht die kalte
> Verzweiflung die Seele zu Boden dir drückt.

Glücklicher sind wir in Behandlung leichter, fieberloser Katarrhe; selbst den Keuchhusten sehen wir meist nach einer Dauer von 10 bis 12 Wochen gefahrlos vorübergehn. Mit Herzfehlern ist es so ein Ding, das weiß jeder Arzt!

Wahre Triumphe aber feiert Salzloch gegenüber dem Proteus der Nervenkrankheiten. Es beruhigt die Quelle »die durch die Krankheitsschärfe gereizte Nervenfaser«, indem sie die Materia peccans mobilisiert und austreibt. Hierbei dürfen jedoch die Zerstreuungen und die psychischen Anregungen des lebensvollen Badeortes nicht gering angeschlagen werden. Vor allem andern müssen wir hier einer Krankheit gedenken, die jetzt mehr wie je unter Menschen herrscht und sich durch alle Stände reißend schnell verbreitet, nämlich des Schwindels. In bezug auf den Schwindel aber kann man unser Bad kühnlich in erster Reihe nennen, und es verdient gewiß nicht mit weniger Recht wie andre den Namen eines wirklichen Schwindelbades. Mit unseren ärztlichen Vorfahren wollen wir behaupten, es mache hier seine operationes in expurgando cerebro. – Ganz besonders hilfreich zeigt es sich ferner in den Neurosen des weiblichen Geschlechts, und niemand soll es als Übertreibung ansehen, wenn wir behaupten, daß unser Bad ein spezifisches Frauenbad sei, und daß wir von Salzloch wiederholen können, was ein Dr. Mören im Jahr 1699 von dem Tönigsteiner Brunnen gesagt hat: »Zu diesem Sauerbrunnen wolle eylen das, obzwar schönes und zartes, doch mit vielen Beschwerlichkeiten bestricktes Frauenzimmer.«

Die Nervenschwäche im allgemeinen, diese Modekrankheit der Frauenwelt, schwindet wie durch Zauber. Wir haben blasse, anämische, erethische, zu hysterischen Krämpfen geneigte Damen gesehen, welche zu Hause kein lautes Wort ertragen konnten, deren Existenz auf Samt und Teppiche gebettet werden mußte, und die hier nicht allein das dysphonische Badeorchester mit dauernder Energie ertrugen, sondern auch rauschende Bälle bis in späte Nachtstunden auszuhalten imstande waren. Frau M. – die junge Gattin eines hochstehenden Beamten aus Norddeutschland – war so angegriffen, daß ihre Rede nur Flüstern war, daß die Ihrigen sich nur schriftlich mit ihr benehmen konnten, daß sie Tag für Tag in der Chaise longue liegen mußte, um sich die Zeit mit Romanlesen mühevoll zu vertreiben. Hier aber lernte sie in Gesellschaft ihres Cousins, des Dragonerlieutenants, wandeln, schwatzen, ja tanzen.

> Der Genesung Lust belebt sie,
> Feuer sprüht des Auges Glanz,
> Und wie eine Grazie schwebt sie
> In dem Arm des Lieutenants.

Die Gemahlin eines Fabrikanten aus der Rheingegend, die jedesmal mehrtägige Migräne bekam, so oft ihr der Mann eine Gesellschaft, ein neues Kleid oder einen Schal versagte, verlor hier unter dem Einfluß der verschiedenen Agentien des Bades ihre quälenden Leiden, in wenigen Tagen war sie gesund; ihr Mann war zu Hause geblieben.

Auch einer anderen Dame, einer sehr sensiblen Blondine, bei welcher die häufigen häuslichen Zwistigkeiten jedesmal mit Herzweh und hysterischen Konvulsionen endeten, brachte Trennung und Badegebrauch rasche Genesung.

Für manche andre Naturen ist Abhärtung Bedürfnis und nichts verderblicher als zu langes Schlafen; hier nun werden die schlechten Betten mit ihren Zutaten Wunder bewirken. Überhaupt gibt es keine entschiedenere Mittel gegen hysterische Beschwerden als Licht und Luft, diese alten Feinde der Maskeraden und jeglichen Nachtgeflügels. Selbst den erotischen Spiegelfechtereien der sensitiven Sphäre des Plexus uterinus bei alten Jungfrauen kann hier ein Ende gemacht werden. Ob aber und wann unsre Quelle den Frauen von der Sterilität hilft, läßt sich schwer bestimmen. Dies hängt so sehr von Umständen und namentlich von der zufälligen Badegesellschaft ab, daß wir mit wissenschaftlichen Betrachtungen auf diesem Felde nicht viel weiterkommen dürften. Da nun außerdem diese unsre Schrift auch Laien in die Hand gegeben werden soll, so müssen wir diesen delikaten Gegenstand übergehen; er ist ohnedem durchaus privater Natur, und es kommt dabei doch alles auf Individualisierung an.

> Es sieht der Doktor mancherlei,
> Was sich den andern nicht so zeigt.
> Ein Teil der Wissenschaft ist frei,
> Der andre nicht; – der Doktor schweigt!

Bereits erwähnt wurde es, wie groß die Wirksamkeit des Salzlocher Bades gegen Neuralgien verschiedenster Art ist. Wir wollen nur noch eines sonderbaren Falles erwähnen, der hier unerwartet Heilung fand. Ein 50jähriger, schlecht genährter, atrabilärer Hagestolz litt an einer eigentümlichen Hyperästhesie des nervus quintus. Dieselbe trat als plötzlicher Tic douloureux nur bei äußeren Veranlassungen auf, und zwar immer dann ganz unerwartet, wenn er zu einer Kollekte für wohltätige oder gemeinnützige Zwecke oder zu sonst einer Beisteuer aufgefordert wurde. Alsbald mußte er, beide Hände vor das Gesicht haltend, davonlaufen mit dem Ausrufe: Ach Gott! Meine Zähne! Meine Zähne! Hier lernte er, ohne alle Anfälle die hohen Rechnungen in dem Gasthofe bezahlen, wenigstens wenn die junge hübsche Kellnerin ihm dieselben auf sein Zimmer brachte.

Was Lähmungen angeht, so kann die Najade von Salzloch erhobenen Hauptes und Arm in Arm mit ihren Kolleginnen von Wildbad und Gastein einherschreiten. Jede Saison liefert uns die prachtvollsten Heilungen in Masse, und den soll man uns zeigen, der umsonst hier gewesen ist; so viele auch jährlich total gelähmt hierher gebracht werden, man hat noch keinen von hier gelähmt heimgehen sehen. Es genügt, nur einige Beispiele aus dem vorigen Jahre zu erwähnen. Ein junger, etwas verweichlichter Mann litt an arger Lähmung der rechten Hand, so daß er sie in einer Binde tragen mußte. Bei ihm trat die Heilung nach dem 10. Bade in demselben Momente plötzlich ein, als er auch von Hause eine Zuschrift erhielt, die ihn für militäruntüchtig erklärte. – Ein elegant auftretender junger Mann in der Mitte der Zwanziger, der infolge einer Verstauchung durch einen Sprung aus einem vergitterten Fenster mit dem rechten Beine stark hinkte, wurde rasch geheilt, ja machte sich sogar eilig davon, als von der Behörde auf ihn wegen eines ihm zugeschriebenen Betrugs gefahndet wurde. – Subparalytische Herrn, welche, nachdem sie ihr Geld an der Bank verspielt hatten, nun die Wirtsrechnungen nicht bezahlen konnten, bekundeten ihre Genesung zu öfteren Malen dadurch, daß sie sehr schnell durchgingen. – Eine einzige Lähmung dagegen trotzt jeder Heilkraft der Quelle, ja wird entschieden hier verschlimmert, es ist die Lähmung des nervi rerum!

Es gibt Individuen, die an beständigem Frostgefühl leiden, blaß aussehen, kalt sich anfühlen, kalt sich ansehen, kalt sich anhören und für nichts und durch nichts warm werden. Es mag dies wohl von einer Schwäche in der Funktion des peripherischen, vorzugsweise des vasomotorischen Nervensystems herrühren. Diesen Leuten ist nichts anders anzuraten, als sich bei uns in ein 30gradiges Bad zu setzen, dann frieren sie wenigstens nicht; alles andere läßt sie kalt.

Von Heilungen eigentlich chirurgischer Krankheiten wissen wir wenig in Salzloch zu melden. Wenn von dem Zaysenhauser Bade dessen alter Balneograph erzählt, daß daselbst eine Hernia unter starkem Knall plötzlich geheilt worden sei, so bedauern wir, daß hier noch nichts Ähnliches geschehen ist, und sei es auch nur um des wirklichen Knalleffekts willen. Nun, was nicht ist, kann werden! Es findet sich in alten Badeschriften viel Wunderbares erzählt von der Wirkung der Quellen auf den grauen und schwarzen Star. Wir haben zwar keine direkten Beweise und Erfahrungen, doch möchten wir es nicht wagen, unserem Wasser alle und jede Wirksamkeit hier abzusprechen; denn wir haben mehrmals Gelegenheit gehabt, sehr Auffallendes zu beobachten, und zwar ganz eigentümliche Wirkungen in die Ferne. Blinden Gatten nämlich, die, während ihre Frauen hier weilten, zu Hause geblieben waren, sind mehrmals die Augen aufgegangen, kurzsichtigen Vätern nicht minder, deren Söhne sich hier herumtrieben. Beide beschreiben die Wirkung fast mit denselben Worten, es sei ihnen plötzlich wie Schuppen von den Augen gefallen. Was nun auf Meilen hinaus wirkt, wird wohl auch in der Nähe zu etwas nütze sein.

Aus dem Gebiete der vergleichenden Pathologie, der medicina veterinaria, stehen uns nur wenig Erfahrungen zu Gebote. Wir erinnern uns nur eines sehr eklatanten Falles. Ein junger Engländer, der als wilder Reiter viele waghalsige Streiche machte, stürzte bei dem Übersetzen über einen Graben. Das Tier beschädigte sich sehr bedeutend und starb nach sechs Stunden; der Reiter aber, der mit einer leichten Kontusion der rechten Schulter davongekommen war, sah sich nach einigen Bädern in acht Tagen vollkommen wiederhergestellt. Hierauf beschränkt sich das, was wir von Vieharzneikunde erfahren haben. Außerdem haben wir häufig Ochsen und Esel das Mineralwasser eimerweise trinken sehen, ohne daß sich die geringste Veränderung an ihnen gezeigt hätte.

Dies ist dasjenige, was wir in kürzester Weise über unser hochzupreisendes Salzloch und seine wunderbaren Heilkräfte zu sagen hatten. Um aber nun noch dieser Schrift einen übersichtlichen, praktischen und tröstlichen Schluß zu geben, wollen wir eine kleine Auswahl derjenigen Krankheiten zusammenstellen, in denen sich der Kurgebrauch als ganz entschieden hilfreich gezeigt hat. Es geschieht dies vorzugsweise im Interesse und zur Bequemlichkeit des Laien, der sich auf diese Weise dasjenige heraussuchen kann, was ihm das Liebste ist, ohne deshalb das ganze Buch durchlesen zu müssen. Diese Krankheiten sind nun die folgenden:

Alpdrücken; Anämie; Apoplexie; Atrophie; Aussatz.

Bandwurm; Bauernwetzel; Bleichsucht.

Cholera; Colik; Congestionen; Convulsionen.

Diarrhöe; Drüsenleiden; Dyspnoe; Dyskrasien.

Entzündungen; Epilepsie; Erbrechen.

Fettleber; Fettsucht; Fieberkuchen; Flechten.

Gallsucht; Gastrizismus; Gelbsucht; Geschwüre; Gicht; Grippe.

Hämorrhoiden; Hautkrankheiten; Herzfehler; Hospitalbrand; Hundswut; Husten; Hysterie.

Infarktus; Ikterus; Indurationen.

Knochenerweichung; Kopfschmerz; Krebs; Kropf.

Lähmung; Leberleiden; Lungensucht.

Magenkrampf; Markschwamm; Mumps.

Nierenleiden; Nesselsucht; Nierensteine.

Obstruktionen; Oedem; Ohrenreißen; Osteomalazie.

Paralysis; Palisadenwurm; Phthisis; Pest.

Quartanfieber.

Radesyge; Rheumatismus; Rose; Ruhr.

Säuferwahnsinn; Scharlach; Suchten, als Schlafsucht, Schweißsucht, Schwindsucht; Sodbrennen; Specknieren; Steine.

Trismus; Tuberkeln; Typhus.

Urämie.

Verhärtungen; Verkreidungen; Verknöcherungen.

Warzen, Wassersucht; Weichselzopf; Würmer.

X vacat.

Yams.

Zahnschmerzen; Ziegenpeter und Zipperlein.

Als Troststerne und Leuchttürme auf diesem Meere von Menschenelend wollen wir nun auch diejenigen virtuellen Eigenschaften und therapeutischen Agentien, welche uns die Quelle und der Badeort darbieten, aufzählen. Hierher können wir, wie aus vorhergehender Darstellung hervorgeht, mit Zuversicht rechnen:

Äpfelweinkur.

Bälle; Baryt, schwefelsaurer; Bergsteigen; Brom.

Clima; Concerte; Curmusik.

Douchebäder und Dampfbäder.

Eisenoxydul; Elektrizität.

Feuchtigkeit; Fichtennadelbäder.

Geselligkeit.

Heilgymnastik; Huminsäure; Hydrogalvanismus.

Jagden; Infusorien und Algen; Inhalationskur; Jod.

Kali, salzsaurer; Kalk, kohlensaurer, salzsaurer und schwefelsaurer; Kegelspiel; Kieselerde; Kohlensäure.

Landpartien; Liaisons; Lithium; Luft; Luftbäder, tanninsaure animalische.

Mangan; Magnesia, kohlensaure und salzsaure; Molken.

Natron, kohlensaures und schwefelsaures; Nebel; Nordwinde.

Ostwinde.

Pastilles de Salzloch; Pharao; Promenaden; Psychisch-salinische Kurmethode.

Quellsalzseife.

Roulette; Romanlektüre; Ruhe.

Schlammbäder; Schwefelwasserstoffgas; Stickstoff; Strontain, schwefelsaurer und kohlensaurer.

Theater; Tonerde; Traubenkur; Trente et quarante.

U und V vacant.

Wanzenkur; Wellenbäder; Winterkuren.

X und Y vacant.

Zerstreuungen aller Art. –

Jenes sind die Gegner, die wir zu bestehen haben, dieses unsere ritterlichen Waffen. Die einen sind den andern ebenbürtig.

> Nun wohl, ihr Feinde! Nur heran!
> Wir sind des Kampfs gewärtig;
> Und was das Salz nicht meistern kann,
> Das bringt das Jod schon fertig.

Und sollte nun zum Schluß nicht der Kanonier von Schwalbach dreimal mit all seinen Kanonen ein lustiges Viktoriaschießen loslassen?

(1860)

Über tredition

Eigenes Buch veröffentlichen

tredition wurde 2006 in Hamburg gegründet und hat seither mehrere tausend Buchtitel veröffentlicht. Autoren veröffentlichen in wenigen leichten Schritten gedruckte Bücher, e-Books und audio-Books. tredition hat das Ziel, die beste und fairste Veröffentlichungsmöglichkeit für Autoren zu bieten.

tredition wurde mit der Erkenntnis gegründet, dass nur etwa jedes 200. bei Verlagen eingereichte Manuskript veröffentlicht wird. Dabei hat jedes Buch seinen Markt, also seine Leser. tredition sorgt dafür, dass für jedes Buch die Leserschaft auch erreicht wird.

Im einzigartigen Literatur-Netzwerk von tredition bieten zahlreiche Literatur-Partner (das sind Lektoren, Übersetzer, Hörbuchsprecher und Illustratoren) ihre Dienstleistung an, um Manuskripte zu verbessern oder die Vielfalt zu erhöhen. Autoren vereinbaren direkt mit den Literatur-Partnern die Konditionen ihrer Zusammenarbeit und partizipieren gemeinsam am Erfolg des Buches.

Das gesamte Verlagsprogramm von tredition ist bei allen stationären Buchhandlungen und Online-Buchhändlern wie z. B. Amazon erhältlich. e-Books stehen bei den führenden Online-Portalen (z. B. iBookstore von Apple oder Kindle von Amazon) zum Verkauf.

Einfach leicht ein Buch veröffentlichen: **www.tredition.de**

Eigene Buchreihe oder eigenen Verlag gründen

Seit 2009 bietet tredition sein Verlagskonzept auch als sogenanntes "White-Label" an. Das bedeutet, dass andere Unternehmen, Institutionen und Personen risikofrei und unkompliziert selbst zum Herausgeber von Büchern und Buchreihen unter eigener Marke werden können. tredition übernimmt dabei das komplette Herstellungs- und Distributionsrisiko.

Zahlreiche Zeitschriften-, Zeitungs- und Buchverlage, Universitäten, Forschungseinrichtungen u.v.m. nutzen diese Dienstleistung von tredition, um unter eigener Marke ohne Risiko Bücher zu verlegen.

Alle Informationen im Internet: **www.tredition.de/fuer-verlage**

tredition wurde mit mehreren Innovationspreisen ausgezeichnet, u. a. mit dem Webfuture Award und dem Innovationspreis der Buch Digitale.

tredition ist Mitglied im Börsenverein des Deutschen Buchhandels.

Dieses Werk elektronisch lesen

Dieses Werk ist Teil der Gutenberg-DE Edition DVD. Diese enthält das komplette Archiv des Projekt Gutenberg-DE. Die DVD ist im Internet erhältlich auf **http://gutenbergshop.abc.de**

FSC
www.fsc.org

MIX

Papier | Fördert
gute Waldnutzung

FSC® C083411

Zeitfracht Medien GmbH
Ferdinand-Jühlke-Straße 7
99095 Erfurt, Deutschland
produktsicherheit@kolibri360.de